文春文庫

仕立屋お竜

岡本さとる

文藝春秋

目次

主な登場人物

お竜…………鶴屋から仕事を請け負う仕立屋　八百蔵長屋に一人で住む。
鶴屋孫兵衛……老舗呉服店の主人　八百蔵長屋の持ち主でもある。
北条佐兵衛……剣術の達人　お竜を助け武芸を教える。
井出勝之助……浪人　用心棒と手習い師匠をかねて、鶴屋を住処にしている。
隠居の文左衛門……孫兵衛の碁敵　実は相当な分限者らしい。

仕立屋お竜

一、お竜

(一)

月明かりが、築地本願寺に咲く桜の花弁を妖しく照らしていた。

今宵は凍てつくような寒さである。

空には雲が出てきたようだ。

――もしかしたら、〝雪月花《せつげつか》〟となるのではないか。

そんな期待を抱かせる。

だが、今しも本願寺橋を渡り終えた、三十絡みの男は、こういう風流心など持ち合わせていないらしい。

「何でえ、畜生め。花が咲いたというのに、こう冷えちゃあいけねえ……。まったくどうなってやがるんでえ……」

ほろ酔いの口から出るのは文句ばかりで、恰好をつけ弥蔵《やぞう》を組む姿も、どうも決まらない。

「けッ、これじゃあ酔いもさめちまうぜ。熱いので飲み直しだ」

男は足早に堀端を進み、その足は鉄砲洲に向かっていた。

その姿を稲荷社の片隅で見ている黒い影があった。

黒裳束に黒覆面。

息を殺して、闇に溶け込む引き締まった四肢。

ただ者ではない。

だがこの黒い影は、いささかやさしい体格をしている。

その正体は女であった。黒覆面に隠された顔は瓜実顔で、濃い睫毛に縁どられた目は切れ長、瞳は黒々と冴えている。

名は、お竜《りゅう》という。

お竜は、男の姿が近付いてくるにつれて、その目を猛鳥のように鋭くさせていた。

「何だかいらくらとする夜だぜ。どこぞで間抜け野郎をいたぶってやるか」

道行く男の顔に、残忍な色が溢れ出た時。

月がおぼろに陰った。

その刹那、お竜は稲荷社の陰から宙を飛ぶように出た。

「うむ……？」

まったく物音をたてぬお竜の動きに、男は気付かなかった。

ただ、何か暗闇を横切ったような気配だけは覚えた。

そして何かが自分に軽くぶつかったような感じがしたが、それが男の最期であった。

お竜は、男にぶつかりざまに、手にした小刀で、彼の心の臓をひと突きにすると、魂が抜けた体には見向きもせずに、闇の中を駆け去ったのだ。

遠く背後で、男が堀に落ちる水音がした。

黒覆面の下で、お竜は顔色ひとつ変えていない。

黒く染められた夜の道を音もなく疾走すると、鉄砲洲の浜の松並木へと出た。

ここで彼女は、黒い影から一人の女へと変身するつもりであったが、目当ての木立の手前で、思いもかけぬ邪魔者に出会った。

その奴は一見して浪人者とわかる。

歳の頃は二十七、八であろうか、ふくよかな顔立ちは、夜目に涼しげに映った。

「いやいや、大したもんじゃ。見事というしかないなあ」

浪人は、とぼけた上方訛《なま》りでお竜に一声かけると、松の大樹からニュッと出て、目の前に立ち塞がったのだ。

「あんな殺しを見たのは初めてや……」

浪人はニヤリと笑った。

お竜は舌打ちした。

いささかのしくじりもなく、男を仕留めたはずが、この浪人に見られていたとは──。

しかも、殺しの後、ここまで駆けてきたお竜の前に立ち塞がるとは、この男もまた堀端からここまで、お竜に負けじと駆けてきたことになる。

浪人者は着流しに、太刀を落し差しにしている。

それでよく、お竜の上手《うわて》をいく速さで駆けてきたものだ。

しかも息ひとつ乱さず、笑みを見せる余裕すらある。

こ奴もただ者ではない。

黒裳束、黒覆面のお竜は正体を見られていない。

ここでやり合っていては手間取るばかりだ。

お竜は無言で、浪人の脇を抜け、駆け去ろうとしたが、
「ちょっと待ちいな……」
浪人もすっと体を動かして、再びお竜の前に立った。
「おれは、あいつの仲間やないで、あんたの腕に見惚れただけや」
お竜は無言のまま、隠し持った小刀を煌《きら》めかせた。
殺しを見られた上に、行く手を塞がれたとなれば、もはや問答無用である。
——こっちはやり過ごそうとしたんだ。それを呼び止めた、あんたが悪いのさ。
お竜は、浪人が抜刀する間を与えず懐に飛び込み、白刃を突き入れんとしたのだ。
驚くべき身のこなしと、殺人技の冴えである。しかも、いささかの迷いもない。
雉も鳴かずば打たれまい。
わざわざ殺しを称えに出るとは、ふざけた男だ。
お竜にとっては、それだけで殺すに足りる相手なのであろう。
しかし——。
浪人は、お竜の攻めの間合をさらりと見切った。
僅かに体を右へかわすと、そのまま駆け出したのである。

「これ！　むちゃあしな……！」

そして駆けつつ、相変わらず人を食ったような様子を見せる。

やはりただ者ではなかった。

お竜は尚も無言で浪人を追う。

強い相手と見れば、ますます気合が漲《みなぎ》るらしい。

浪人の目の奥にも、闘志の炎がぼっと点《とも》った。

駆けつつ抜いた刀を、振り返りざまにさっと横に薙いだ。

闇に二尺三寸余りの刀身が、きらりと光った。

目の覚めるような一刀に、再びおぼろから脱した月の明かりが注いだのだ。

前へと駆けるお竜の体は、一転して後方に飛び下がった。その動きには、毛筋ほども隙がない。

間合を切って対峙する二人は、互いの腕を認め、ふっと息を吸い込んだ。

「そやから、おれはあんたの敵やない！」

浪人は気色《けしき》ばんで、再び牽制の一刀をくれると、すぐに顔を綻ばせて、

「ほな、さいなら……」

またもとぼけた声を残し、その場から駆け去った。

お竜はもう追わなかった。

月明かりが戻れば目立ちたくはない。

逃げるのならば、そもそもこっちがやり過ごそうとしたのを、止めなければよいのだ――。

そんな怒りが一瞬頭をよぎったが、何をするにもためらわないのが信条のようだ。

お竜もまたその場から駆け去った。

身を覆う、黒裳束も覆面も、どれも大きな一枚の黒布である。

松木立を抜けると、お竜はたちまちのうちに、ちょっと小粋な町の女に変身していた。

黒襟の付いた縞柄の着物に細めの帯。手には大きな黒い風呂敷。

きりりと引き締まった口許が、今は月明かりに露わになった。

痩身で、ややいかった肩が飾りのない色香を醸している。

歳は二十三。

人を闇に葬るのはもちろん裏の顔で、日頃は着物の仕立を生業《なりわい》としている。

それゆえ〝仕立屋お竜〟と、人は呼ぶ。

(二)

三十間堀川の西岸に南北に続くのが、三十間堀一丁目から八丁目の町屋である。川を挟んだ東岸は、同じく南北に木挽《こびき》町が七丁目まで続いている繁華な通りだ。

三十間堀三丁目は、川に架かる紀伊國橋と三原橋の間にある。西の通りは京橋へ続く新両替町で、その狭間に〝八百蔵《やおぞう》長屋〟という裏店があった。

裏店ではあるが、ここはなめくじが這い、ところどころに銀色がこびりついているような貧乏長屋とは違う。腕の好い職人や小金持ちの風流人などが暮らすなかなかにこざっぱりしている長屋なのだ。

その露地木戸から一番奥にある〝したてもの〟と書かれた木札が軒にぶら下がっている一軒がお竜の家である。

お竜は三月ほど前からここに暮らしている。しかし、彼女についてよく知る者は誰もいなかった。

早くに亭主と死に別れ、ここに越してきた――。

それくらいのことしか知らなかった。

大家の八百蔵も同じのようだが、誰も気にかけないのは、お竜が新両替町二丁目の呉服店に出入りしている仕立屋であるからだ。

〝鶴屋《つるや》〟の主《あるじ》・孫兵衛《まごべえ》は、この長屋の地主であり、人品卑しからざる人として名が通っている。

呉服店としても老舗《しにせ》で、店の構えはそれほど大きくはないが、品物の確かさで好い客筋がついているとの評判がある。

そのような呉服店には、出入りの仕立屋がいるものだ。お竜が〝鶴屋〟から腕を見込まれて、〝八百蔵長屋〟に住んでいるとなれば、それだけで身許は確かであると思われるのだ。

おまけにこの長屋には、どういうわけか独り者が多く、揃って世渡り下手とき ている。

ゆえに他人のことには構わないし、自分のことも放っておいてもらいたいという気風が、広まっている。

日頃は黙々と着物の仕立に励むお竜には、うってつけの長屋であった。

無論、お竜がその実、恐るべき殺人技をもっていて、人を密かに屠《ほふ》るなどとは誰も思っていないし、彼女を露ほども怪しんでいない。

お竜の一日はほぼ同じように過ぎていく。

朝に飯を炊き、物売りから蜆《しじみ》や豆腐、野菜を買い、炊きたての飯と味噌汁に干物などを添え、しっかり腹に入れる。

呉服店に届けに行く他は、日がな一日家で仕立に励むので、朝餉《あさげ》はゆったりととって構わないのだ。

飯がすむと、道具を並べ、針と糸を手に黙然と裁縫に取り組む。

一旦仕事を始めると、深くのめり込んでしまうゆえ、昼は茶漬でさっさとすまし、また仕立を続ける。

気がつくと日が暮れていて、そこからはまた食事である。

飯を炊くのは一日一度と決めているので、朝炊いたものをいくつか握り飯にしておく。

それを夕餉に食べるのだが、朝に物売りから買っておいた野菜を、油揚げなどと共に鍋へ放り込み、醬油か味噌で仕上げた汁にして、握り飯は網で焼き、こちらも醬油か味噌で味を付け、汁と一緒に食べる。

そして必ず一杯は酒を飲む。

張り詰めた気持ちをこれで一旦元に戻すのだ。

そうして落ち着いたところで床に入る。

これがいつもの一日である。

仕立物が出来あがると、〝鶴屋〟へ納めに行く。

そのための外出が、お竜の唯一の人との触れ合いとなる。

いや、唯一とは言えまい。

時として、昨夜のように黒ずくめで獲物に襲いかかることもある。

そしてお竜にとって、それは決して邪悪な狩りではない。

生かしておいては人のためにならぬ者を、この世から追い出すための戦いであり、務めなのだ。

昨夜、堀端で仕留めた獲物は、勘六《かんろく》という女衒《ぜげん》であった。

女衒は、女を遊女に売るのを生業にしている者である。

お竜は別段これを悪とは思わない。

世には娘が身を売ることで、親兄弟の命が救われる場合もある。

一人が苦界に落ち、何人もの肉親が貧しいながらも人並の暮らしを送り、いつか世に出て、苦界に落ちた姉妹を救い出すことも出来よう。

野垂れ死んでしまうのなら女衒に頼るしか道はない。

女衒とて、ほとんどの者が、自分が売り買いした女が、いつかは幸せになることを祈っている。

しかし、この勘六だけは違う。

女を物として扱う、血も涙もない男であった。

お竜が勘六を知ったのは一月《ひとつき》ほど前のことであった。

〝鶴屋〟からの依頼で、鉄砲洲の十軒町へ顧客の採寸に行った帰り道。

明石橋の手前の路傍に、一人の女が踞《うずくま》っているのを認めた。

彼女の前方には、どてらにだらしなく三尺を締め、雪駄の音をじゃらじゃら鳴らしながら道行く男の姿があり、

「この尼、好い気になりやあがったら、手前から先にどこかへ叩き売ってやるから、覚えていやがれ……！」

口汚なく捨て台詞《ぜりふ》を吐いて、去って行くのが見えた。

お竜は素通り出来ずに、

「今のはご亭主で……？」

と、声をかけた。

「大丈夫ですか？」

などと声をかけたとて、大丈夫なはずがない。

女の顔は赤く腫れ、口許には血が滲んでいる。殴られ蹴られ罵られ、堪らず路傍に踞っているのは見ればわかる。

羞恥とやり切れなさ、そして体の痛みに襲われた女に、慰めの言葉など何の役にも立たないのだ。

お竜の問いに、女は力なく頷いた。

「殺しておやんなさい」

お竜は言葉を継いだ。

あんたが受けた仕打ちに対して、怒りを覚えている女がいる。

労《いたわ》られるより、その方が力が出るものだとお竜は思っている。

「ふッ……」

女は小さく笑うと、よろよろと立ち上がった。

俯いていた顔が明らかになると、思った以上に左の頬が赤く腫れている。

歳の頃はお竜と同じで、粋筋に育ったという風情《ふぜい》が漂うが、化粧も着ている物も派手ではなく、落ち着いた趣である。

「生憎《あいにく》と……、殺したって死なない男でしてね……」

お竜の言葉に元気付いたか、女は少しおどけた表情を浮かべてみせて、

「まあ、そのうちに天罰がくだりますよ」

と、小腰を折った。

「惚れた弱みというのは、ひどく祟りますねえ……」

お竜は頷きながら言った。

「女に生まれたことに祟られましたよ……」

女はぽつりと言葉を返すと、もう一度、お竜に小腰を折って、

「またそのうちに……」

左の頬を右手で押さえ、町屋の路地へと去っていった。

亭主となれば、その男に何をされても、女は黙って堪え、従わなければならないのか。

お竜の体の内に、怒りが熱い血潮となって駆け巡った。

女を痛い目に遭わせて、尚も憎々しげに罵り、去って行った男。それが、女衒の勘六であったのだ。

お竜はそれから勘六を調べた。
言葉巧みに困窮している女に近寄り、甘い話を持ちかけて売りとばす。
この男を恨み、首を縊った女は何人もいるという。
何よりも酷いのは、女が親兄弟のために身を売ったにもかかわらず、
「こいつはおれのために身を売ったのさ」
と嘯《うそぶ》き、売った金の大半を自分の懐に入れ、身内の者が文句を言おうものなら
これを半殺しの目に遭わせることだ。
日頃は寡黙なお竜だが、調べものをする時は、料理屋や置屋の女将《おかみ》風に姿を改め、
「好い娘を探しているんですがねえ……」
などと言って、口入屋や女衒に調子よく問いかける。
そこで聞こえてきた勘六の噂が、件《くだん》のごときものであったのだ。
つまり、勘六は紛うことなき、人でなしであり、人殺しであるといえる。
だがそれも、人身売買においては納得ずくだと捉えられ罪に問われることもない。
いったいどうなっているのだ。

女はこの世にあっては使い捨てのもので、何が起こったとてお構いなしなのか。

――勘六をこのまま生かしておくと、多くの者が泣きを見る。

殺してやろうと、お竜は思った。

そして、まんまと息の根を止めてやったのが昨夜のことであった。

昨夜、勘六は女衒稼業の乾分《こぶん》達と、木挽町で一杯やると、鉄砲洲の家へ帰った。

お竜は勘六が一人なのを確かめると、黒い大風呂敷を体に、小風呂敷を顔に巻き付け、稲荷社の物陰に潜んで待ち伏せた。

それは誰にも見られていないはずであった。

だが、勘六を仕留めて海辺の松木立に姿を消すはずが、おかしな浪人者に声をかけられた。

一見すると悪人ではなさそうであった。それゆえやり過ごそうとしたがなおもしつこく付きまとったので、止むなく消さんとしたものの、見事にかわされ逃げられてしまった。

その後はつけられた様子もないし、身の周りに異変もない。

放っておけばよいのであろうが、腕の立つ浪人であっただけにやはり気になる。

思い出すほどに、不思議な男であった。

常人ではない武芸者で、その研ぎ澄まされた五感が、お竜の放つ殺気を感知して、あの場に彼を引き寄せたのであろうか。

だが、それを見た感動を、わざわざ追いかけて伝えるとは、あまりにも物好きである。

いったい何者なのか——。

「武芸を使う時はしくじるな。しくじりはお前に災いとなって降りかかってこよう……」

師匠はそう言った。

その言葉が今、お竜の胸の内をきりきりと締めつけるのであった。

㈢

いつものように飯を炊き、鰯の丸干と豆腐の味噌汁で朝餉をすませ、それから仕立物の仕上げに入ると、昼を待たずに小袖が縫いあがった。

お竜は中食《ちゆうじき》もとらずに外へ出た。

納める先は〝鶴屋〟である。

昨夜、あのような出来事があっただけに、とにかくすぐに品を届け、出入り先に異変がないか確めておきたかったのだ。

お竜が住む〝八百蔵長屋〟から、〝鶴屋〟はもう目と鼻の先であった。

〝鶴〟と大きく染め抜かれた日除《ひよ》け暖簾《のれん》が、穏やかな春風を受けて揺れている。

間口が十間ほどもあろうかという呉服店は、表に手代《てだい》や丁稚《でっち》小僧がきびきびと立ち働き、すぐにそれと知れる。

お竜は出入りの仕立屋であるが、主人の孫兵衛は、

「表から勢いよく入ってきてくださいな」

と言うのが口癖である。

店ではしっかりとした仕立屋を雇っている。

それが客にわかる方がよいし、

「お竜さん、ご苦労でしたねえ。いやいや、好いできですねえ」

お竜を土間から入った上《あが》り框《かまち》に座らせて、座敷の上で仕立てあがった着物を広げてみせると、店を訪れた客達は一斉にそれへ目を向ける。

「そうなると、お客様がますます着物をほしくなるというものです」

それが孫兵衛の商いの極意らしい。

この日も店に入ると、目敏《めざと》く孫兵衛がお竜を見つけて、

「お竜さん、待っていましたよ……」

にこやかに自ら仕立物を受け取ってくれたものだ。

その表情は、いつもと変わらぬやさしさに溢れていて、何か異変があったとも思えなかった。

――この主人は、あたしのことをどこまで知っているのだろう。

お竜は、いつも余計な口は利かず、ただ黙って孫兵衛の話を、〝はい、はい〟と聞いて、また仕事をもらって帰るのだが、この三月の間、いつもその想いが胸にあった。

お竜をこの店に引き合わせてくれたのは、師匠であった。

師匠とは、裁縫の師匠ではない。

彼女に恐るべき殺人技を仕込んでくれた、武芸の師匠である。

その師匠は、

「お前は裁縫の腕も見事なものなのだから、まずは仕立屋として生きるがよい。その上で身に付いた武芸と、生き長らえた命を弱い女達のためにどう使うか、ゆっくりと考えればよい」

そう言って、この店を訪ねるように勧めてくれた後、旅に出てしまった。

まったく言葉足らずだ。

お竜が、裁縫の他に驚くべき武芸を身に付けていると、孫兵衛は知るや知らずや。

わざわざ問うまでもないので、お竜は仕立屋として仕事をもらい、せっせと仕立物を納めているし、初めて孫兵衛を訪ねた折、

「近くに〝八百蔵長屋〟というのがありましてね。ここに住んでもらえるように手配をいたしておりますよ」

というので、その日から長屋の住人となった。

しかしその折に、

「北条《ほうじよう》先生には、色々とお世話になりましたのでね。何でも店の者に申しつけてください。まったく腕の好い仕立屋さんまでお引き合わせいただきますとは、真《まこと》にもって畏れ入ります……」

孫兵衛はそう言ったものの、師匠との縁を詳しくは話さなかった。

あれこれ問うとかえって不審に思われるかもしれないと、お竜は黙々と働くことで信頼を得んとした。

そのうちに自ずと事情も知れよう。

北条佐兵衛《さへえ》。

それが師匠の名である。

お竜を語るには、まず佐兵衛との出会いまでを述べねばなるまい。


お竜は千住に生まれた。

その時は、〝おしん〟と名付けられた。

父は由五郎《よしごろう》、母はおさわ。

由五郎については、悪い思い出しかない。

腕の好い料理人であったが、元来がやくざな性分で、酒、喧嘩《けんか》、博奕《ばくち》に現《うつつ》を抜かすうちに、いつしかすっかりと町の破落戸《ごろつき》に成り果ててしまった。

おさわは随分と苦労をさせられた。

金遣いが荒い、酒癖が悪い、口より先に手が出るのが由五郎である。

殴られたり蹴られたりするのは日常茶飯事で、殺されそうになったことも、一度や二度でない。

おしんはいつも怯えていた。

何かものを言うと、由五郎は幼いおしんにさえ手をあげたのだ。

おさわは堪らず、おしんを連れて千住から逃げ出した。

娘の頃から裁縫の腕がよく、針子となっておしんを育てたのだ。

おしんはそんな母から裁縫を習い、みるみるうちに上達して、母を助けた。

しかし、おしんが十七の時におさわは、重ねた苦労が祟ったのであろう。病がちとなり、床に臥せることが多くなった。

おしんは懸命に働いて、おさわの本復を願い、好い医者に診せ、良薬を求め甲斐甲斐しく世話をした。

しかし、それも空しく母・おさわはおしんが十八の時に亡くなった。

不運はそれからさらに、おしんに襲いかかった。

薬代が足らず、一分ばかりを借りた相手が同業の金貸しに騙され、金を巻きあげられた。

おしんの借金の証文は、その悪徳金貸しの許《もと》へ流れ、おしんはあれこれ難癖をつけられて、法外な利息を求められたのだ。

困り果て、身売りも考えたところに、林助《りんすけ》という男が現れた。

林助はその金貸しを、

「なめた真似をしやあがる」

と罵り、

「お前、おしんというのかい。ここはおれに任せておきな」

おしんのために動いてくれた。

林助は以前から、

「あんな野郎、おれが食い殺してやらあ」

と、金貸しの不徳を言いたてていて、時に腕尽くで責め立てて、逆に金を強請《ゆす》り取り町から追い出してしまったのである。

おしんは、乱暴者ではあるが、自分にはやさしく、窮地を救ってくれた林助に気を許すようになり、望まれて女房となった。

世間の荒波に叩かれ、もまれ続けたお竜にとって、自分を守ってくれる強い男は、好いたらしく映ったのだ。

しかし、親の因果は子に祟る。

お竜は、林助に地獄の苦しみを与えられることになる。

林助の頭の中には、女房と寄り添い、肉親の幸せを築いていこうなどという想いは、露ほどもなかった。

林助は、憎むべき父・由五郎と同じで、女房を人とも思わず、己《おの》が色に染め悪事の手伝いまでさせた。盗品の運び屋をさせたり、美人局《つつもたせ》の片棒を担がせたりしたのだ。おしんがそれを嫌がったり、意見をしようものなら、容赦のない折檻《せっかん》が待っていた。

おしんが色気で男を呼び出し、林助が目の前でその男を殺害したこともあった。さすがに堪えられず、おしんは逃げ出そうとしたが、林助はそれを恐怖で押さえつけ、遂には右の太腿の内側に、竜の彫物まで入れられた。

「お前は、おれの許から逃げられねえよ」

女の秘部の入り口で吠える竜が、おしんの体に息づく限り、もう二度とまともに暮らせるものかと、林助は嘲笑《あざわら》ったのだ。

いっそどこかに売りとばしてしまえばよいものを、林助は歪んだ情をおしんに向けていた。

「お前はおれと、一緒に地獄を生きるのよ。お前はその気になりゃあ、閻魔《えんま》の女房になれる女だ。諦めて、おれの言う通りにしな……」

林助は、おしんをいたぶり、弄《もてあそ》ぶうちに、いつしかこの女の体内に潜む妖しげな香りに惹かれるようになっていたのだ。

おしんは林助を心底憎んだ。この男によって、自分は鬼女に育て上げられるのではないかと、それが何よりも恐ろしかった。

——まだ、人である間に、何としてもこの鬼から逃げてやる。

それが何よりの林助への復讐だと思ったのである。

この頃、林助は谷中《やなか》の仕舞屋《しもたや》に住んでいた。

芝の愛宕《あたご》下で悪事を重ねたが、余りにも派手に暴れたので、ほとぼりを冷まさんとしていたのだ。

周囲は寺と田畑ばかりの町外れで、潜伏するにはちょうどよかったが、向こう見ずで堪え性がないゆえ、いつも大立者と呼ばれる元締、親分達に利用されるだけで終ってしまう己が身を嘆き、林助は荒れていた。

それなりに悪銭は稼いでいたが、谷中の外れに潜む身には使い途もなく、おしんと乾分の又市《またいち》相手に酒を飲むしかなかった。

ある夜。

酔い潰れて正体をなくして眠ってしまっている林助を見て、

——今しかない。

おしんは逃げる覚悟を決めた。

ちょうど又市は酒を買いに出て家にはいなかった。

林助は、おしんが恐怖で身動きが出来なくなっていると高を括っていた。連れている又市は、林助の片腕だけに凶暴な男であるから、おしんがそんな気を起こすとは思いもしなかったのだ。

おしんは、そっと台所で包丁を手にして、これを手拭いに包んで隠し持った。

いっそこれで林助を突き殺してやろうかと思ったが、その殺意は林助への恐れと、亭主を殺すことへのためらいによってしぼんでしまった。

何かの折にはこれで身を守ろう。そう心に決めて、足音を殺して外へ出た。

林助は目を覚まさなかった。

思えば今までもこのような機会は何度かあったはずだ。

これくらいのことがどうして出来なかったのかと自分が情けなかった。

林助の悪事を助けた上は自分も咎人《とがにん》である。

太腿に竜を彫られた女に行くところはないと、林助への恐怖以上にそれが逃亡をためらわせたのだ。

しかし、今日こそは逃げてやる――。

外は闇夜であった。

おしんは駆けた。

ところが不運はどこまでも彼女に付きまとった。

又市が戻ってきて、おしんの姿を認めたのだ。

「姐さん、どけえ行くんだい……」

立ち塞がる又市は、夜目にもわかるほどの卑しげな表情を浮かべていた。

「逃げ出そうってえのならよしにしなよ。親分に殺されちまうぜ」

おしんの体は固まってしまった。

又市はそれを見て図に乗って、

「まあ、このことは黙っていてやるから、一度だけ、お前の竜を拝ましてくんねえかい」

あろうことか、おしんに迫ってきた。

こ奴は林助に負けず劣らずの人でなしである。

親分への義理立ても忠誠もない。

――こいつは人じゃあない、鬼だ。鬼なら殺しても罪にはならない。

淫らな目で寄ってくる又市を見て、おしんに抑えようのない殺意が生まれた。

「ふふふ、又さん、お前、こいつを見たいのかい」

そんな言葉がすっと出て、おしんは着物の裾をたくし上げた。

暗闇の中に、宙に吠える竜の姿が妖しく浮かんだ。

又市は、ごくりと唾を飲んで、

「へへへ、聞きわけが好いぜ……」

と、身を屈めてそれを覗き込んだ。

「けどねえ、又さん。こいつを拝んだ者には、死んでもらうことになっているのさ……」

おしんは言うや否や、隠し持った包丁を、上から又市の背中に突き立てた。

「な、何しやがる……」

又市は苦痛に呻き声をあげたが、包丁が背中に刺さったまま、気丈に懐の匕首《あいくち》を抜いて、

「この尼……、殺してやる……」

と、おしんに襲いかかった。

おしんは足が竦んだ。

「し、死にやがれ……」

又市は力を振り絞っておしんの腹に匕首を突き刺した。

「うッ……」

おしんは腹を刺され、その場に尻もちをついたが、帯の厚みと、勢いのない又市の動きによって深手を免れた。

又市は悪鬼の形相で、再び匕首をかざしたが、力尽きてその場に倒れた。

夜空から滝のような雨が降ってきた。

おしんは、雨で血を洗い流しつつ、痛みを堪えてその場から走り去った。

幸い、林助は追ってこなかった。

それでも降り注ぐ雨に濡れそぼれて道行くと、次第に気が遠くなってきた。

春とはいえ、冷たい夜風はおしんの体温を奪っていく。

不動堂にさしかかった川端で、おしんは遂に力尽きた。

――このまま死んでしまうのであろうか。

死んだとて、今以上の地獄もあるまい。

こんな薄情で理不尽な浮世なら、いっそ死んでしまう方がましではないか。

だが、二十歳になるやならずで、何ひとつ幸せな想いをしたこともなく、悪い男達に殺されてしまうのは無念であった。

遠のく意識の中で、おしんは誰かがやって来るのを認めた。

林助ではない。

袖無し羽織に裁付袴《たっつけばかま》、頭には深編笠を被った武士である。

いかにも屈強そうなその武士を見た途端、おしんは何故か心が安らいだ。

そして、そのまま放心したのである。

この通りかかった武士が、北条佐兵衛であった。

㈣

気がつくと、百姓家の一室にいた。

おしんが寝かされている六畳ばかりの部屋は畳敷で、窓は明かり取りの小さなものがあるだけで薄暗かった。

部屋の板戸は開け放たれていて、そこからいろりのある上り口の部屋が見えた。

どうやら二、三日寝込んでいたらしい。

体には男物の浴衣《ゆかた》が着せられてあり、腹に受けた傷には晒《さらし》がしっかりと巻かれ、療治の跡が窺える。

おしんはよろよろと立ち上がった。

体はふらふらしたが、生きているという喜びが湧き起こり、力が漲ってきた。

自分を助けてくれたのであろう武士は、いろり端にはいなかった。

もう一方の閉じてある板戸を開けると、そこは納戸になっていて、裏口がある。

その木戸をそっと開けると、和《やわ》らかな日射しがとび込んできた。

そこは井戸のある庭で、その向こうは生垣《いけがき》があり、外に広がる田園との間を仕切っている。

武士は生垣の手前にいて、片膝立ちで宙を見上げ、おしんに背中を見せていた。

おしんは、何やら神々しさを覚え、声をかけられずにいた。

すると、武士はやにわに抜刀して虚空を斬ると、納刀した。

確かに抜いたはずだが、目にも止まらぬ速さで鞘に納まるのが、おしんには衝撃であった。

怒りや勢いに任せて白刃を揮《ふる》う男達は何人も見てきたが、これが武術、武芸というのであろうと、技の鮮やかさに見惚れたのだ。

「起きたか……」

背中を見せたまま武士は言った。

「は、はい……。お助けくださったようで……、何とお礼を申し上げてよいやら……」

「それだけ口が利けたら大事ない。名は？」

「しんと申します……」

「その名は変えた方がよかろう」

「え……？」

「腹を刺されて川辺に倒れている女に出会うたのは初めてだ。深い理由があるはずだ」

「それは……」

「おしんは死んだ。それでよかろう」

「仰る通りでございますねえ……」

この武士と話していると心が落ち着いた。

確かにその通りだ。一旦自分は死んだと思った方が気が楽だ。

おしんは人を殺したのだ。

「お竜、と呼ぼう」

「お竜……」

おしんは恥じらいを浮かべた。

今着ているものは、男物の浴衣だ。濡れそぼった着物を脱がせ、傷の手当をして、自分の浴衣を着せて寝かせてくれた時、あの竜の彫物を見られてしまったのだ。

「竜となって、お前を苦しめた男達に仕返しをしてやるがよい。名は人の運勢を変えよう」

「あたしを悪い女とは思わないのですか？」

「お前の顔を見ればわかる。あらゆる苦難にただひたすら堪え忍んだことが、な」

「竜となれますか？」

「お前はこうして息を吹き返した。なれる力を持っていよう」

「そんならお侍さま、あたしを竜と呼んでくださいまし」

「おれの名は北条佐兵衛だ」

佐兵衛は大きく頷くと、お竜に振り返って、名乗りをあげた。

それから、お竜は佐兵衛の浪宅で新たな命を得た。

その家は橋場の渡しからほど近い、真崎稲荷社の裏手にひっそりと建っていた。隅田川の岸辺に出ると、そこは都鳥の名所で、今戸焼の窯から立ち上る煙がぼんやりと見える。対岸の向島の大堤には桜が咲き誇り、浪宅の裏手には、見渡す限りの田園風景が広がっていた。

佐兵衛はここで一人、黙々と剣術、槍術、手裏剣術、弓術など、あらゆる武芸の修練に励んでいた。

朝に一度飯を炊き、三度の食事をとる。

それ以外は、稽古、書見、就寝だけの修験者のような暮らしぶりであった。

さらに三日ばかり体を休めたお竜は、じっとしていられず佐兵衛の身の回りの世話を務めた。

その間も、佐兵衛は自分のことは何も語らず、お竜の過去を知ろうともしなかった。

お竜は佐兵衛宅の女中となり、主の武芸を見つめながら過ごす。

半月もすると、何を聞かずとも北条佐兵衛が傑出した武芸者であると知れた。

――このお人の傍にいれば、あたしは本当に竜になれるのではないか。

「竜となって、お前を苦しめた男達に仕返しをしてやるがよい」

と、佐兵衛が療治しながら励ましてくれたのが思い出された。

「お竜、お前も木太刀《きだち》を手にとるがよい」

ある日、佐兵衛はお竜の心の動きを読んだかのように言った。

「よろしいのですか……」

お竜は嬉々として、木太刀をとった。

自分も武芸に没頭出来れば、あらゆる心のうさは晴れ、お竜という名が身に付いてくるのではないかと思ったのだ。

見よう見真似の剣法であったが、この何日もの間、見て覚えた通りに振ってみると、思いの外に身に馴染んだ。

「お竜、お前には天賦の才があったようじゃな」

佐兵衛は真剣な目差しでお竜の動きを見ると、次々と新たな型をしてみせ、同じことをさせた。

佐兵衛の目は正しかった。お竜は、たちまち武芸のあらゆる型を覚えたのである。

佐兵衛は、

「まず、体に覚えさせよ」

と、型を一日中稽古するよう命じた。

一月もすると、お竜は太刀と小太刀の型を見事に演武出来るまでになった。

お竜にとって佐兵衛は女中として仕える主人から武芸の師匠となったのである。

気持ちが落ち着いてくると、お竜は師に自分のことを知ってもらいたくなってきた。

助けられてから半年が過ぎていた。

その間、佐兵衛は相変わらず、弟子の過去について知ろうとしなかったが、

「かつておれは、仕合の恨みから不意打ちを受けた。相手に遺恨はないものだと思い込んだのがいけなかったのだ」

かつての自分のしくじりをお竜に語っていた。

互いに遺恨を残さぬと誓約を交わしつつ、木太刀で打ち合った相手は、佐兵衛によって腕の骨を砕かれ、右手がまともに使えぬようになってしまった。

「参りましてござる……」

殊勝に負けを認め、相手は別れていったが、彼の弟子達が納得いかず、佐兵衛を待ち伏せたのである。

この闘争で、佐兵衛は四人の相手を斬って捨てたが、自らも深手を負い、力尽きたところを、通りすがりの人に助けられた。

「そのような人の情を受けた身が、傷つき倒れているお前に出くわした。これは何としても助けねばなるまい」

自分は天に対しての辻褄を合わせているだけなので、何も恩義に思うことはない。

ただひとつ伝えておきたいのは、しくじりをするなということだと佐兵衛は言った。

「しくじりは、いつか自分にかえってくると心得よ」

彼は武芸者の心得を説く上で、ただその思い出だけを語ったのだ。

お竜にとっては興味深い話であったが、新たに生まれ変わり、持って生まれた武芸の才を開花させていく喜びを得た今、女としての喜びや感性が、佐兵衛のさりげないやさしさによって彼女の体内に蘇ってきた。

ある夜。

「先生、どうかお聞きください」

お竜は、右太腿の内側に竜を抱えるまでの経緯を熱く語った。

語るうちに泣けてきた。

思えば大人になってから、身の屈託を吐露する相手さえいなかったのだ。

その事実が、女のお竜を泣かせたのだ。

佐兵衛は黙って聞いていたが、

「泣くのは今宵が最後と心得よ。今のお前はおしんではない。お竜だ。お前は強くなれ。その気になれば誰よりも強くなれる」

やがて力強く言うと、

「お前の体から、忌わしい男の念を追い出そう」

佐兵衛はお竜を抱いた。

それは夢のような出来事として、今でもお竜の心の内に情念の炎を点している。

その一夜を境に、お竜の心と体を支配していた林助という悪鬼の影が、跡形もなく消え去った。

しかし、主人となり師匠となった北条佐兵衛が、そのまま情人となることはなかった。

佐兵衛は、翌日から全身全霊を込めて、お竜を鍛えあげた。

型稽古は立合稽古に変わった。

「己一人の時は型に励め。おれといる時は、おれを打ち倒すつもりでかかってこい」

佐兵衛は袋竹刀を手に、お竜と立合い、時には立上がれなくなるほどに打ちすえたのである。

そして、あの一夜限りでお竜を抱くことはなかった。

だがお竜は満足であった。

林助に殴られ蹴られるのとは違う。

打たれる度に自分が強くなっていくのがわかるからだ。

佐兵衛がいかにして武芸者の道を歩んできたのかはしれないが、何を語らずとも、鋼《はがね》のような強い精神と覚悟をもって、己が修練を積んできたのは確かなのだ。

そんな佐兵衛の愛情表現は、命をかけて体得してきた己が武術を、余すことなく教えることなのであろう。

奇妙な師弟は、約三年共に暮らした。

佐兵衛が何ゆえ、お竜への教授に執念を見せたかは確《しか》とせぬ。

だが、たまさか拾った女が、思いもかけず武芸の才を持っていた。そして教えれば教えるほど開花する。指南の喜びを三十半ばにして知ったからといえるであろう。

三年経ったある日のこと。

佐兵衛は、お竜の小太刀の腕を確かめると、

「おれは旅に出る。お前はお竜として生きて、お前と同じ境遇にいる女のために、その腕を揮ってやるがよい。それでこそお前が生まれてきた甲斐もあろう」

と、別れを告げた。

そして、紹介されたのが、呉服店の〝鶴屋〟であった。

浪宅で共に過ごした時の中で、佐兵衛は何度か留守をした。

いずれかの武芸場に出教授をしていたようだが、その間に〝鶴屋〟に知己と信頼を得ていたと思われる。

林助の影に怯え、又市を殺した罪悪感に嘖《さいな》まれてきたおしんは、これによって竜となって外界へ飛び立った。

母から受け継いだ裁縫の腕をもって仕立屋となり、出入りする呉服店からあてがわれた長屋で暮らす。

人を殺し、林助の悪事の片棒を担いだ自分の償いは、許せぬ男から弱い女を救ってやること。この〝生きる理由〟があれば、新たな日々を送っていけよう。

そのすべてを与えてくれた北条佐兵衛は、行き先も知れぬ旅へ出た。

そしてお竜は、師であり、ただ一人心を許した男である佐兵衛の言葉を守って、ここに生きているのである。

(五)

「いつもと変わらぬ好い仕上がりですよ」

鶴屋孫兵衛は、この日もまた、お竜が届けた品を見て喜んでくれたものだが、

「そういえば、お竜さんはまだ、文左衛門《ぶんざえもん》というご隠居に会ったことがありませんでしたねえ」

と、初めて聞く名を告げた。

「はい。お目にかかったことはございません」

「そうでしたねえ。先生からも、お話は聞いてはいませんか?」

「いえ……」

「ああ、左様で……」

孫兵衛はふっと笑った。

北条佐兵衛が言葉足らずであるのを、孫兵衛もよくわかっているのだ。

〝鶴屋〟で面倒を見てもらうようにと言った折、

「この店の主人は、何ごとにおいても信じるに足る――」

師はそのように言葉を継いだ。

佐兵衛がそう言うなら、ただ黙って従えばよいと、お竜は思っていた。

「実は、そのご隠居から北条先生をお引き合わせいただいたのでございますよ」

三年ほど前に、その文左衛門はひょんなことから佐兵衛と知己を得たのだという。

以後、物静かで決して己が強さをひけらかさない佐兵衛を、

「仙人のようなお方でござりまするな」

と評し、碁敵《ごがたき》である孫兵衛に引き合わせたのだ。

お竜は、まったく佐兵衛からその名を聞かされていなかった。

いちいち語るまでもないと思ったのであろうが、その縁で自分は仕立屋として雇われているのであれば、どのような人なのか知っておきたくて、

「ご隠居さまは、何をされているお方で……?」

と、訊ねてみた。

「はて、そう言われると、曰く言い難いのですが……」

孫兵衛は小首を傾《かし》げてみせた。

「店の裏手の仕舞屋に、奉公人一人を召し使って暮らしておられるのですが、以前は深川の木場辺りで材木商をされていましてねえ」

「材木屋を……」

「かなりの分限者《ぶげんしゃ》であったのですが、ある日何もかも嫌になって、お店を親類の養子に継がせて、隠居暮らしをなさっているようですな」

「物好きなお方ですねえ」

「ははは、まったくです。方々旅に出かけたり、おかしな道楽を始めてみたり……。それゆえ物識りなので、まあ、わたしの師匠というところですかな。今は行方知れずになっておられますが、そのうちふっと顔を出されるでしょう。楽しみにしておいてください」

「はい、それは、もう……」

物好きといえば、この孫兵衛も同じである。

文左衛門という隠居から北条佐兵衛を紹介されるや、佐兵衛の頼みをすぐに聞き容れてお竜を仕立屋として雇い、住まいまで見つけるのであるから。

それでも、ゆったりと互いについて知っていく間柄でいるのは、お竜にとっては心地がよい。

仙人の住処《すみか》といえる北条佐兵衛の許から、再び浮世に舞い戻ったお竜は、まだ心の底から人を信じ、今の暮らしに馴染んでいるとはいえなかったのだ。

「ははは、随分と字が上手になったやないか。偉い偉い……」

そろそろ店を出ようとしたお竜の耳に、聞き覚えのある声が届いた。

ふと目をやると、帳場で筆を使っていた手代に、小脇差を帯びた着流しの武士が声をかけていた。

お竜の五体に緊張が走った。

声の主は、昨夜、お竜の勘六殺しを称えた、あの不思議な浪人であったのだ。

「そういえばお竜さん、あちらの先生にもまだお引き合わせをしておりませんでしたねえ」

孫兵衛が浪人を見ながら言った。

「はい……」

お竜は落ち着き払って応えた。

「こちらもすれ違いでしたな。あまり店先には出ておいでになりませんので」

「このお店においでなのですか？」

「はい。井出勝之助《いでかつのすけ》と申されましてね。この店の用心棒を務めていただきながら、奉公人達に読み書きなどを、ご教授願っているのですがねえ。これがまたおもしろいお方なのですよ」

孫兵衛は、井出勝之助と件の浪人の名を告げた。その話し口調から察すると、随分と信頼と親しみを抱いているように見える。

「井出先生……」

そうして勝之助を呼ぶと、

「この人はお竜さんといいましてね、ご隠居のお知り合いからのお引き合わせで、仕立をお願いしているのですよ」

と、楽しそうに紹介をした。

「竜と申します……」

お竜は立ち上がると小腰を折った。

「井出勝之助と申す。そういえば店先で何度か見かけたことがあったような……」

昨夜の愛敬のある話し方そのままで、勝之助は、お竜に笑顔を向けた。

「お見知りおきのほどを……」

お竜はどこまでも儀礼でやり過ごそうとした。

勝之助は、昨夜松木立の手前でやり合った相手がお竜だとは気付いていないはずであったが、その目の奥の輝きは、しっかりとお竜を捉えている。

「何やら、店の外でも会うたような気がするなあ」

「はて、あたしは覚えがございませんが……」

「左様か……。好い女の顔はいっぺん見たら忘れへんのやがなあ……。ははは、まあ、よろしゅう頼みます……」

勝之助はからからと笑ったが、相変わらず目だけは鋭くお竜を見ていた。

しかし何を問うこともなく、

「ならば主殿《あるじどの》、ちと見廻って参る……」

そう言い置くと、すれ違う奉公人達をからかいながら、その場から立ち去った。

すると孫兵衛が間を置かずに、

「そういえばお竜さん、お前さんに報《しら》さねばならないことを言い忘れておりました」

低い声で言った。

「何のことでしょう……？」

井出勝之助がこの店の用心棒であったと知れた動揺はまだ残っていたが、

「由五郎さんを見かけたという人がいましてねえ」

この言葉でその動揺はたちまち消えてしまった。

「由五郎……、まさか、あたしのお父《と》っさんのことで……」

お竜は目を丸くした。

師匠であった北条佐兵衛には、自分の生い立ちを余さず話していた。

その中で、生き別れになっている父・由五郎について、佐兵衛はその存在を孫兵衛に伝えていたらしい。

しかも、

「心当りがあれば、お竜に教えてやってくだされ」

と、頼んでもいたようだ。

「これは、よけいなことを言いましたかな」

孫兵衛は苦笑いをした。

佐兵衛は、この件を本人には伝えていなかったのかと、その〝言葉足らず〟が改めて思われたのだ。

「いえ、先生は気を遣ってくださったのですね……」

お竜は、佐兵衛らしい話だと、少し心が和んだ。

いつか孫兵衛が由五郎の噂を摑めば、お竜に話すであろう。

頼んであるなどと告げて、妙に期待を抱かせることもあるまいと、考えたのに違いない。

「先生のお話では、ひどい父親だったようですが、それでもこの世に父親はただ一人。お竜さんも気にかけているだろうと……」

「左様でございますか。それでわざわざお調べくださったのでしょうねえ。申し訳ありませんでした……」

お竜は頭《こうべ》を垂れた。

「いや、調べたというほどのことでもありません。昔、千住で暴れていたとお聞きしましたのでね。あの辺りに詳しい人に問い合せてみたのですよ」

それによると、由五郎は博奕の借金をつくって千住にいられなくなり、逃げるように町を出たという。

その後は、盛り場を転々としていたようだが、去年の暮れに根津でそれらしき男を見かけたという者がいたというのだ。

頭を下げたのである。

お竜は、この先は自分で尋ねてみるので、どうか構わないでいてもらいたいと、

「ああ、いえ、それには及びません。どうせろくな暮らしをしておりませんでしょうから、こちらのお店にご迷惑があってはなりませんので」

「誰か人をやって、もう少し詳しく調べてみますかな」

「根津に……」

㈥

鶴屋孫兵衛は、どの辺りまでお竜の過去を、北条佐兵衛から聞いたかは、やはり語らなかった。

お竜は、浅草で仕立屋の亭主と暮らしていたが、早くに死別し、武芸者の家での下働きを経て、この店出入りの仕立屋になった。

そんな風にこの店では通っていた。

孫兵衛は、佐兵衛からそのように聞かされていたようだ。

佐兵衛にしても、お竜が人を殺し、やくざな亭主の許から逃げたとは言えまい。

しかし、子供の頃のお竜の苦難を、佐兵衛は詳しく告げていたのだ。

お竜は子供の頃に、やくざな亭主に愛想を尽かした母親に連れられ、千住を出たきり、生みの親とは会っていないと――。

お竜が心の底では父親に会いたがっていると、佐兵衛は考えたのであろうか。

「お前もいつまでも、この家に籠ってばかりではいられまい。ここを出て町で暮らすようになれば何をしたい？」

そういえば以前、佐兵衛はそんな問いをお竜に投げかけたことがあった。

その時、お竜は、

「ろくでなしの父親が、どこでどう落ちぶれているか、この目で見てやりとうございます」

と、応えていたような気がする。

佐兵衛は、それを忘れずに、お竜を託すにあたって、孫兵衛に由五郎の行方を捜すよう頼んでくれたのだ。

孫兵衛は世話好きで人が好い。

悪い親でも、子にとっては懐かしいものなのであろうと受けとって、心当りに声をかけてくれていたのに違いない。

この先は自分で捜してみますと言って店を出るお竜に、

「きっと今では、若い頃の仕打ちを悔やんでお前さんに会いたいと思っているのかもしれませんねえ。まあ、会うことができたら、恨みごとのひとつも言っておやりなさい」

孫兵衛はそう告げた。

――〝鶴屋〟のご主人は、ほんに好いお人だ。

お竜はそう思った。

この日、次の仕立の仕事を依頼されたが、

「これは急ぎませんので、ゆっくりと仕上げてください」

と、言われていた。

仕事は急がないので、心のままに父親を捜してくれたらよいとの、孫兵衛の気遣いなのであろう。

北条佐兵衛は、鶴屋孫兵衛ならば何ごとにおいても信じてよいと言い切った。

その言葉がつくづくと思い出された。

となれば、井出勝之助という浪人についても信用出来るはずだ。

用心棒と手習い師匠を兼ねて、勝之助は〝鶴屋〟を住処としているらしい。

信用出来るからこそ、店に住まわせているのだろうし、見たところ店の奉公人達は皆一様に、勝之助を慕っているのがわかる。

そう考えると、あの勝之助もまた、ひょっとすると勘六が非道な男と見てとり、自らの手で密かに葬ってやろうとしていたのかもしれない。

あれだけの腕を持っているのであるから、辻斬りに見せかけて斬って捨て、韋駄天のごとき足の速さで逃げ去ることも容易《たやす》いはずである。

いずれにせよ、昨夜、お竜は勝之助を始末してやろうとしたが、勝之助が自ら戦いを止めて逃げてくれたことがありがたかった。

師匠・北条佐兵衛が、ただ信じるがよいと言った〝鶴屋〟ゆかりの者ならば、

「……おれはあんたの敵やない」

と、闘争の折に叫んだのは嘘ではなかろう。

殺しの場を見られてしまったのは大きなしくじりであったが、師匠が言ったような、

「しくじりはお前に災いとなって降りかかってこよう……」

という戒めからは逃れられそうだ。

井出勝之助がどういう男か、これからじっくりと見定めるとして、お竜は父・

由五郎をまず見つけることにした。

孫兵衛は、根津で由五郎らしき男を見かけた者があると言った。

根津には岡場所がある。

岡場所とは、吉原以外の遊里を指す。

官許されている吉原と違い、遊女を違法に置いているわけだが、大都市である江戸には働き手である男が溢れている。

その欲望を充たすためには、吉原だけでは足りない。また、格式張った吉原より、手軽に遊ばせてくれるところが求められたので、岡場所はほとんど黙認されていた。

その中でも深川と共に大いに栄えたのが、根津であった。

ここは根津権現社の門前に広がる。

根津権現は、六代将軍・徳川家宣《いえのぶ》の産土《うぶすな》神で、その社地はかつて家宣の父・甲府宰相・綱重《つなしげ》の下屋敷があったところである。

徳川家との深い繋がりがあるだけに、幕府も根津権現社門前の取締には、特に手心を加えていたようだ。

上野、本郷、小石川、谷中といった、江戸の中心地からもほど近いので、自ずと賑うようになった。

こういうところには、総じて闇の部分がある。

岡場所に落ちる金のおこぼれに与《あずか》らんと、無軌道な連中がせめぎ合うのだ。

千住を出た由五郎は、この闇の隙間に潜り込んだのであろう。

お竜は髪を馬の尻尾に結い、広袖の半纏を引っかけて、悪婆の風情で路地裏をさ迷った。

それに当っては、まず町の様子を確かめんと、二日をかけて盛り場をしっかりと歩いた。

「戦をするのなら、まずその土地をしっかりと頭に叩き込むのだ」

それが佐兵衛の教えであった。

「おれの許を離れたら、町にはどんな女がいて、どんな恰好をして、どんな喋り方をしているか、よく見て覚えることだな」

さらにそう告げた。

敵を知るにはまず諜報をしっかりとこなさねばならぬというのだ。

この三月《みつき》、お竜はその教えを守り、町で見かける者達の特徴をしっかりと観察したものだ。

色町、花街《かがい》などと呼ばれ、一見華やかな岡場所も、裏へ回ればすえた臭いが漂う、ろくでなし共の溜り場だらけである。

お竜は懐手をして、金になる話が落ちていないかと抜け目なく辺りを見廻すやくざな女を演じて、その日、いよいよ戦場に繰り出したのである。

由五郎が今出来る稼ぎなど、ほぼ察しがつくというものだ。

妓楼に入り込んで用心棒になるか、悪党数人と手を組み、押し売りや強請《ゆすり》に手を染めるかそれくらいしかないはずだ。

どうしようもないやくざ者の林助に騙されて、何年か悪党の手先となったお竜には、こういう男達の日常がよくわかる。

とはいえ、由五郎も既に四十半ばになっているはずだ。

若い頃のような威勢もあるまい。

そうなると、今では客の機嫌をとる幇間紛いの男衆か、小博奕の仕切りくらいしか出来ないのではなかろうか。

いや、孫兵衛の言ったように、過去を悔いて、生き別れの娘を想い、物売りなどしてひっそりと生き長らえているのかもしれない。

頭の中には色々な由五郎の姿が浮かんでは消える。

北条佐兵衛と別れ、お竜として町へ出て三月。

表向きは仕立屋としてまっとうに暮らし、過去に犯した罪の償いのために、女を苦しめる男に鉄槌を下す。

余生をそれに費やさんと、仕事に励み、時に町へ出て酷い男はいないかと目を光らせてきた。

そうしてまず女衒の勘六を血祭りにあげた。

勘六を的と定めてからは、色々な女に変装をして、勘六の罪状をそっと調べあげた。

しかし、この度のように危険な町に潜入して、一から調べるのは初めてであった。

路地裏にたむろしているのは、絶えず卑しい目を周囲に向けながら小博奕に興じる破落戸や、けだるい表情で煙管《きせる》で煙草をくゆらしている酌婦、頭の上から爪先まで欲にかまけた遣り手婆《ばば》……。

夜になると妖しい軒行灯《あんどん》の明かりで、夢の中にいるような通りも、日が高いうちは、地獄の穴への入り口のように映る。

由五郎の行方を当るなら、まずこの辺りだと目星をつけた、門前町の堀端を歩

いていると、

「昔を悔いて暮らしているはずはない……」

と、思えてくる。

こんなところで姿を見かけられたのなら、あの日の人でなしのまま、歳をとっているのに違いない。

だが、その方が見つけ易かろう。

「ちょいと教えておくれな……」

妲己《だっき》の姐さんを気取るお竜は、暇そうにしているろくでなし達を摑まえては訊ねてみた。

「歳の頃は四十半ば。由五郎という、悪いおやじを捜しているんだけどねえ」

そんな言葉を投げかけると、かえって凄まれるかと思ったが、意外や誰もがまともに話を聞いてくれた。

以前の自分なら考えられなかった。

亭主の林助に脅されて、悪所で男を誘った時も、危ないところには林助が乾分を伴い、守ってくれていた。

だが今は、一人きりで怪しげな男達にも声をかけられる度胸が身に付いていた。

それも身に付けた武術があればこそである。

自分が生まれながらに持っていた才をとことん引き出してくれた北条佐兵衛は、稽古となれば容赦なくお竜を打ち据えた。

仁王のようなその時の師匠の形相に、毎日触れていたのだ。

路地裏にたむろする男達など、どれも小さな野良犬くらいにしか見えない。

お竜のその自信と迫力が、

「この姐さんは、ただ者じゃあねえや」

という気にさせるのであろう。

「ありがとうよ。今度は儲け話を持ってくるよ……」

その一言で相手は納得してしまうのだ。

とはいえ、由五郎を知る者はいなかった。

人の出入りが激しい盛り場である。一度や二度見かけたとて、どれも同じような悪人面なのだ。心に残ることなど、滅多にないのだろう。

——お父っさん、お前も落ちぶれたもんだねえ。

肚《はら》の内で罵りながら、お竜は尚も訊ね歩いた。

父親が恋しいわけではない。おしんという女を殺したのは、林助であり、母・

おさわを殺したのは、由五郎であるとお竜は思っている。何としても由五郎が生きているうちに会って、けりを付けたいのだ。

「由五郎を捜しているんだって？」

一廻りすると、おかしな女がいると、聞きつけたのであろう。男二人が声をかけてきた。

「お前さん達、知っているのかい？」

さすがにお竜の声も弾んだが、大兵と小兵の二人組は、いかにも凶状持といった風情で、

「ああ、料理人崩れのくそ野郎だろ……」

「ようく知っているぜ」

と、絡むように寄ってきて、

「ちょいと顔を貸しな……」

大兵が、お竜を押し込むように、酒場が連なる路地の隅へと連れていった。

料理人崩れのくそ野郎。それは確かに由五郎のことだ。

「お前は由五郎の何なんだ？」

小兵が詰るように言った。

「ちょいとあの男に貸しがあってね。それで取り立てにきたってわけさ」

「なるほど、そんなならおれ達と同じだ。お前の思うようにすればいいや。だが、教えてほしけりゃあ金をよこしな」

「由五郎の顔を拝んだら、その時に礼はするよ」

「おれ達が、でまかせを言っているとでも言うのかい」

「だからそいつは由五郎の顔を拝まないと、わからないと言っているのさ」

「気に入らねえ尼だ」

大兵が口を挟んだ。

「お前、儲け話を持ってくるなんて、調子の好いことを触れて廻っているそうだが、おれ達は騙せねえぞ。まず金の顔を拝ませやがれ！」

お竜の目が光った。

「由五郎の居処をさっさと言いな……。女と思って甘く見たら痛い目に遭うよ」

こんな奴らと暇潰しをしていられないと、言い放った。

二人組は、お竜の威勢のよさを見て、顔を見合って嘲笑うと、小兵がやにわに懐に呑んだ匕首を抜いて、お竜の鼻先に突きつけた。

「おい、もう一度吠えてみやがれ。その顔をずたずたにしてやるぜ」

だが、その言葉が終らぬうちに、何がどうなったか知れぬまま、小兵の匕首はお竜の手に渡り、その白刃の先は、小兵に突きつけられていた。

「な、何だ……？」

手妻《てづま》を見せられたかのように、目を丸くする小兵を見て、大兵が慌てて、

「なめた真似しやがって！」

と、お竜に躍りかかった。

お竜はその刹那、匕首の柄頭《つかがしら》で小兵の鳩尾《みぞおち》を突き、大兵の突進をかわすとこ奴の膝の裏側を、すれ違いざまに匕首で突き刺した。

低い呻き声と共に、大兵は地を這った。

小兵は、息が出来ずにその場に屈み込んでいる。

お竜は小兵の足の甲を下駄で踏みつけ、こ奴も地面に転がすと、

「さっさと言えよ。由五郎はどこにいるんだよう」

大兵の血がこびりついた白刃を小兵の頰にぴたりと当てて凄んだ。

「て、手前、このままで、すむと、思っているのかい……」

小兵は咳込みながらやっとのことで言い返したが、

「口が利けるなら居処を言いな」

お竜は冷酷に迫ると、小兵の鼻を切った。

「な、何てことしやがる……」

小兵は泣き声をあげた。

「切ったのは鼻だ。口は利けるだろう」

「と、とんでもねえ女だ……」

「だから早く言いなよ……」

お竜は匕首を逆手に持って振り上げた。

「い、言うよ……。白山権現裏の〝黒《こく》うん〟ていう居酒屋に転がり込んだそうだ」

「うそなら、お前の両耳を削ぎ落してやるから覚悟おし」

「うそじゃあねえ。十日ほど前のことだ。地廻りの奴らともめて、ここにいられなくなったのさ」

お竜は、大兵を上から覗き込んで、

「確かかい?」

「あ、ああ、確かだ……。だが、奴はすっからかんだぜ。会ったところで、何にもならねえよ」

「だから、あたしからいくらか巻き上げようと思ったのかい。そいつはお生憎さまだったねえ」

お竜は何ごともなかったようにその場を後にした。

それから根津権現社門前の料理茶屋へ一旦入った。

そこに席を借りてあった。

女中に祝儀をはずみ、風呂敷包みを部屋に預けておいたのだ。

その部屋に戻ると、白魚の卵寄せで一合ばかり飲み、焼き餅が入った吸い物で軽く腹を充たしてから代を払うと店を出た。

着ていた半纏《はんてん》を風呂敷に包み、出る時には頭に手拭いを巻き女笠を被っていた。

こういう智恵も、北条佐兵衛仕込みであった。

佐兵衛は武芸一筋とはいえ、なかなかに世情に長けていた。

いつどこで争闘が起こるかはわからない。

その時の備えは怠ってはいけないが、何よりも大事なのは、相手を倒した後の身の処し方であった。

このように一旦、茶屋や宿に入り、姿を変えてから出る方が人目につきにくい。

相手を倒し、その助っ人まで斬っていてはきりがなくなるし、相手の仲間も少し間が空くと、気持ちも落ち着くというものだ。

お竜はそのような講義も受けていた。

道行く姿は、風呂敷包みを抱えた長屋の女という風情に変わっていた。

仕立屋の彼女は、裁断用の小刀を所持しているのだが、これがいざという時の得物となる。

お竜の顔は、先ほどとは違い、笠の下で紅潮していて落ち着きがなかった。

これから白山権現社裏に、由五郎がいるかどうかを確かめに行く。それが彼女を興奮させていたのだ。

父・由五郎とのけりをつける——。

そのけりとは、由五郎を殺すことであった。

母・おさわを殺したのは由五郎に他ならない。

そしてこのろくでなしは、おしんの運命をも狂わせたのだ。

おしんは既に死んだ。

今この世にいるのはお竜という、女に害をなすろくでなしを始末する殺人鬼である。

殺人鬼でも、悪人を退治するなら、生きている価値はある。

女衒の勘六をまず地獄へ落してやったが、本来まず初めに地獄へ落さねばならないのは由五郎と心に決めていた。

あの男を生かしておくと、世の中のためにならない。

親殺しの大罪を背負ってでも、娘であるからこそ引導をこの手で渡してやらねばならないのだ。

必ず仕留めてみせる。

今のお竜にはそれだけの腕がある。

㈦

居酒屋〝黒うん〟は、白山権現社の裏手とはいえ、表通りに面しているなかなか大きな店であった。

参詣人も帰りに立ち寄るのであろう。表には縁台が置かれていて、気軽に腰をかけて、〝麦とろ〟など注文出来るようになっている。

荒くれが集う居酒屋を頭に描いていたが、そうではないようだ。

お竜はまず表に腰をかけ、麦飯にとろろ汁をかけたその一碗を頼むと、客達の会話に耳を傾けた。

すると、職人風の男が二人やってきて、大きな声で〃麦とろ〃を注文した。常連なのであろう。奥から人の好さそうな六十絡みの主が出て来て、

「いつもすまないねえ」

と、話しかけた。

「いやいや、おやじさん、大変だったねえ。おかしなのが、ここへ逃げ込んで来たんだろう?」

客の一人が言った。

「ああ、もう耳に入ったかい。もう大変だったよ。あれから五日にもなるってえのに、〃由五郎を出しやがれ〃って、未だにやくざ者が訪ねて来やがる……」

お竜は、主の声に耳を傾けた。

話によると、由五郎は何者かともめごとを起こし、たまさかここへ逃げ込んだようだ。

怪我をしていたので、人の好い主人は中へ入れて寝かしてやった上で、医者と役人を呼んだのだ。

「そいつは災難だったなあ。好い人が損をするってえのは堪ったもんじゃあねえ

や」

「だがよう、四十半ばくれえだったかなあ。好い歳をして血まみれで逃げ込まねえといけねえとは、哀れなもんだったよ」

「そうだろうなあ。やくざ者にはなりたかねえや」

「死んじまえば皆仏だがよう……」

お竜は体を震わせた。そして気持ちを落ち着けると、勘定をすませ居酒屋を後にした。

由五郎は喧嘩の怪我が祟って、そのまま死んでしまったのだ。

お竜が殺すまでもなく、天罰が下ったらしい。

いつでも取り出せるようにと、袂の中に忍ばせていた小刀を、お竜は物陰に入って風呂敷包みにしまった。

どんな時にでも気を抜くことのないお竜が、それから帰路につき、京橋を渡った記憶を失っていた。

お竜として生まれ変わった時、あらゆる女の感情を捨て去ったはずなのに、脱力と虚無が彼女の体に一度に押し寄せていた。

師匠・北条佐兵衛に抱いた恋情もすぐに捨て、ひたすら強くなって、憎き父と亭主を殺してやりたいと、稽古の度に叫んでいたものを――。

自分の手で殺してやりたかったという無念。

勝手に死んでくれていてよかったという安堵。

憎い男でも、己が父が死んだという哀感。

これらが、おしんとお竜の狭間で揺れ動き、彼女の心を千々に乱すのだ。

世のために人を殺すことを本分とし、仕立屋はその隠れ蓑とし、誰にも心を許すことなく、人との縁を深めるのはよそう。

お竜はそう心に誓った。しかし、佐兵衛は鶴屋孫兵衛を、

「この店の主人は、何ごとにおいても信じるに足る――」

と評し、お竜が生き別れになった父・由五郎の姿を求めていると孫兵衛に伝えていた。

そして、孫兵衛はお竜のために由五郎を捜してくれていた。

よく考えると、その際、佐兵衛は孫兵衛には、お竜が以前におしんという名であったと告げていたことになる。

〝言葉足らず〟な師匠は、お前がよければ〝鶴屋〟を己が心の拠り所にすればよいと、言外にほのめかしていたのであろうか。

お竜は、このまま長屋に戻り、何ごともなかったかのように過ごすことが出来なかった。

強烈な孤独に襲われたからだ。

孤独によって心に空いた穴を、人との触れ合いで埋めるなど恥ずべきことだとお竜は思っていた。

それは、師匠の北条佐兵衛が、閑静な百姓家で、ただ独りで厳しい修行に励んでいるのを傍で見てきたからだ。

お竜が内弟子として傍にあっても、佐兵衛はいつも一人であった。

お竜の存在で寂しさを紛らそうとなど、素振りさえも見せなかった。

自分もそうあらねば、この先続く戦いに勝利出来ないとお竜は自分自身を戒めてきた。

しかし、由五郎が死んだ衝撃を一旦忘れさせてくれる一時が今は欲しかった。

——由五郎の死を報せておこう。

それを自分への言い訳にして、お竜は気がつくと、〝鶴屋〟に立ち寄っていた。

井出勝之助という浪人者に会うのは気が進まなかったが、この日も孫兵衛が、すぐにお竜を見つけて、帳場のさらに左側の奥にある衝立から顔を覗かせた。

「お竜さん、ちょうどよかった。どうぞこちらへ」

そして、ここへ来るようにと手招きをした。

勝之助は店先にはいなかったが、そこに恰幅のよい五十半ばの客がいた。

眼尻の皺が笑っていて、形のよい口許が好い具合に綻んでいる。

「噂のご隠居ですよ。やっとお顔を見せてくれましてね」

その客こそ、北条佐兵衛を孫兵衛に引き合わせたという隠居の文左衛門であった。

お竜は、静々と座敷に上がって、文左衛門の前に手を突いて、

「竜でございます……」

恭《うや》しく挨拶《うや》をした。

「ほほう、やっと会えましたな」

穏やかな口調であったが、声はずしりと重い。

物好きな隠居と聞いていたが、いかにも人の好さそうな目の奥に、佐兵衛に似た鋭い光を見た。

「それで、生き別れになったままでいるという親父様は見つかりそうなのですか？」

文左衛門は既にその話を聞き及んでいるらしい。いきなり問うてきた。

お竜は不思議と戸惑わなかった。

佐兵衛が由五郎について話したのは、孫兵衛よりも文左衛門の方が先であったような気がしたからだ。

これだけの呉服店の主である孫兵衛が、文左衛門の前では、妙に嬉しそうにはしゃいでいる。

それだけの人ゆえ、師匠も心を開いたのではないだろうか。

「父親は、既に死んでおりました……」

お竜は素直にものが言えた。

大兵と小兵の二人を痛めつけた話はもちろん伏せたが、心当りを探るうちに、居酒屋に辿りつき、人の噂にそれを聞き、すごすごと帰ってきたのだと報せたのだ。

「左様で……。それは残念なことでございましたねえ」

孫兵衛は神妙な表情を見せたが、

「だが、ほっとしたのではありませんかな」

文左衛門は、真っ直ぐな目をお竜に向けた。

「生みの親に、昔の恨みごとなど、言わずにすんだわけですからねえ」

「はい……」

佐兵衛は文左衛門にだけは告げていたのかもしれない。お竜が自分に武芸を習い、一人立ちした後は、父・由五郎を殺しに行くのではないか、と。

そうである。

お竜の心の内を何よりも支配していたのは、親を殺さずにすんだという安堵であった。

何ひとつ、父親にかわいがられた思い出はないが、由五郎も母・おさわに惚れた時もあったのであろう。

情はなくとも、自分に娘がいるとは知っていたのだ。死の直前に、娘と会えぬ自分を恨んだかもしれない。

そんなやきの回った男を、この手で殺すまでもなかったのだ。

「それでよかったのですよ……」

文左衛門は慈愛に充ちた目をお竜に向け続けた。

「はい、ようございました」

お蔭で人らしく、涙は見せねど、心の内で泣くことが出来た。

〝鶴屋〟に立ち寄ってよかった——。

「これで胸の内がすっきりといたしました……」

自分にはもう訪れるはずのない幸せが、どこかに漂っているのかもしれない。

お竜は、文左衛門に小さな笑みで応えながら、そんなことを考えていた。

二、悪女

(一)

「お竜《りゅう》殿……」

呉服店〝鶴屋《つるや》〟に仕立物を届けた帰り、お竜は井出勝之助《いでかつのすけ》に呼び止められた。

次に店へ納品に行くと、勝之助に会うような気がして気が進まなかった。主人の孫兵衛《まごべえ》からは、

「これは急ぎませんので、ゆっくりと仕上げてください」

と、言われていたので先延ばしにしてもよかったのだが、三日もあれば出来る仕立物を、五日かけて仕上げていたのでは、仕立屋の沽券に関わる。

さっさと縫い終えて、納めにきたところ見つかってしまったのだ。

「これは先生……」

お竜は如才なく応じた。

〝鶴屋〟における仲間となれば、相手にしないわけにはいかないのだ。

「先だっては、親父殿がお亡くなりになったそうな。お悔やみを申し上げる……」

勝之助は、いつもの笑顔を封印して、神妙な面持ちで小腰を折った。

さっそく聞きつけたようだが、店に報せたのはお竜であったし、隠していたわけでもない。

嫌な想いはしなかった。しかし、お悔やみを言われるのも何やら面映ゆく、

「ありがとうございます……。でも、ろくでもない男でしたので、あたしの方はせいせいしているのでございます」

お竜は、さらりと応えた。

実のところ由五郎《よしごろう》の死は、未だにお竜の胸の内を虚しくさせていたが、こんな言葉を口にすることで、少し気分が落ち着いた。

「せいせいしているか……。大変な親父であったのやろなあ」

勝之助のくだけた上方訛りが口をついた。

「天罰が下ったのでしょう」

お竜がそのように応えると、

「天罰か。恐ろしいなあ。先だっても、女衒《ぜげん》の勘六《かんろく》という男が殺されて、堀に浮かんでいたらしいが、これも天罰やな」

勝之助は、そこから勘六の話を始めた。

「この男は女の生き血を吸う、どうしょうもない奴でなあ。折あらば、斬って捨ててやろうと思てたところやったよってに、おれもまたせいせいしたわい」

「これはまた物騒なお話で……」

お竜は、勝之助が由五郎の話に乗じて、勘六について語り出したのは、自分が勘六を殺した女であると看破してのことなのかと、心の内で身構えた。

話を聞く限りでは、この浪人が自分の敵になることはあるまい。

とはいえ関わりにならぬ方が、互いの身のためだ。

「悪いことをすれば、天罰が下るのでしょうねえ」

お竜は神妙に頷いて立ち去ろうとしたが、勝之助はその間を与えずに、

「そやけどなあ、似た者夫婦というのは、よう言うたもんやなあ」

と、意味深長な物言いをした。

「似た者夫婦……？」

「勘六の女房やがな」

お竜の脳裏に、勘六に顔を殴られ罵られて、路傍に屈み込んでいた女の姿が浮かんだ。

それが哀れで、お竜は思わず女に寄り添い、

「殺しておやんなさい」

と、声をかけたのであった。

「勘六の女房は、おふみというのやが、やくざな亭主にえらい目に遭わせられて、さぞかし哀れな想いをしているのやろうと思て、そっと様子を見てみたのや」

「左様で……」

お竜はあれから、おふみのことを知ろうとはしなかった。

勘六は殺さねばならない男であった。

お竜にはおふみが喜んでいようが、嘆いていようが、知ったことではなかったのだ。

それを勝之助は、そっと調べてみたという。

なかなかの物好きであるが、そう言われると気にかかる。

「おふみという女も大したもんやで、勘六が殺された次の日から、新たな男とち

んちんかもや」

勝之助はおふみを散々にこき下ろした。

「色々あって、じっとしていられなくなったのでしょうねぇ」

「なるほど、憎い亭主でも、殺されたとなれば、気もおかしなるか」

「あたしには、よくわかりませんが……」

「それで、誰かに縋りたなったたか。女というのはか弱いものやさかいなあ。まあ、好いたようにしたらええねんけどな。おれはどうも、おふみという女が気に入らんのや。哀れな女のふりをして、何か企んでいるような……。ははは、どうでもええことやったたな。何でこんな話になったんやろ」

「悪いことをすれば天罰が下ると」

「ああ、そうやった。天罰や。おれも気をつけんとあかんわ。とにかく、御愁傷様でございました」

勝之助は、合掌してみせると、店の方へと去っていった。

――おかしな男だ。

お竜は、勝之助の後ろ姿を見送りながら、ふっと息を吐いた。

師匠の北条佐兵衛《ほうじょうさへえ》が、

「信じるに足る……」

とお竜に告げた、鶴屋孫兵衛が手許に置いている浪人なのだ。

素直に信じたとてよかろう。

それでも、勘六殺しを孫兵衛には知られたくない。

師はあくまでも、仕立屋としてお竜を〝鶴屋〟に紹介してくれたのだ。

お竜の生き甲斐である、女に害を与える男への天誅は隠し通すべきであろう。

となれば、やはり殺しの場を見られた井出勝之助には近付かない方がよい。

お竜は改めて自分を戒めたが、勘六殺しの後、勝之助と刃を交えた時の興奮が、お竜の体内で時折熱く滾《たぎ》るのだ。

「よほどの男でないと、お前の術《わざ》に敵う者はおるまい」

佐兵衛は旅発つ前に、お竜にそう告げた。

仙人か天狗かというほどの強さを見せた、佐兵衛の言葉である。お竜は大いに自信を得たものだ。

それが、町へ出て三月ばかりで、早くも強敵に出会ってしまった。

しくじりは災いとなって己にふりかかる。

それもまた師の教えであった。

しつこく付きまとう勝之助を、殺してやろうとしたが、あの局面では、ひたすら逃げればよかったのではないかと、未だに考えさせられる。

勝之助が引いてくれたからよかったが、あのまま戦っていたら、自分の命はなかったかもしれない。

師の言葉を辿っていくと、

「お前は武芸者になるな。武芸者として生きれば、次々に強い相手が目の前に現れて、いつどこで命を落したとておかしくはない。それでは女の恨みは晴らされぬぞ」

と言われたのを思い出す。

それからすると、相手の強さにむきになって勝敗を決しようとしてしまったのは、恥ずべきことであった。

だが、話せば話すほど、井出勝之助は捉えどころがない。

――いったいどのような男なのだろう。

とりあえず、それだけは知っておくべきだと、思われた。

とはいえ、勝之助本人にあれこれ問うのも憚られる。

孫兵衛に訊ねるのも気が引ける。

日頃から口数少ない自分が、いきなり井出勝之助について知りたがるのも不審に思われるのではなかろうか。

このまま出入りを続けていれば、自ずとその人となりや過去も知れよう。

今後井出勝之助と、いかにして向き合うか——。

一旦、長屋へ戻ってゆっくりと考えよう。

そう思った時。

「お竜さん、用はすみましたかな」

頭上から声がした。

見上げると、傍らのそば屋の二階座敷の窓から、隠居の文左衛門《ぶんざえもん》の顔が覗いていた。

(二)

そば屋は〝わか乃〟という屋号で、下には広い入れ込み、二階には小座敷もあり、なかなかに気が利いている。文左衛門、お気に入りの店である。

「お竜さん、ちょいとお付合いくださいな」

文左衛門にそう言われると、そのまま素通りは出来なかった。

お竜が二階へ上がると、

「いやいや、助かりました」

文左衛門は、歓待してくれた。

日頃から昼になると、ふらりとここへ来て、窓からぼんやりと通りを眺めつつ、そばで軽く一杯やるのが好きなのだが、

「通りを眺めてばかりでは、飽きてしまいますからな。ちょうど話し相手が欲しかったところです」

と、文左衛門はにこやかに言った。

「話し相手には、あたしは無調法者でございますが……」

お竜は、申し訳なさそうな顔をした。

いつの時でも余計な口を利くと、痛い目を見る。子供の頃から身に付いた、教訓であった。

それゆえ、自由な身の上となった今も、お竜は人と言葉をかわすのが苦手であった。

殺しの的を絞った時、その奴についての情報を収集する必要に迫られる。

勘六の時も、由五郎探索の時も、変装して別人に成りすますと、自分でも驚くほどの能弁ぶりを発揮するお竜であるが、一人の女に戻ると、たちまち無口となってしまうのである。

「いや、聞いてくれるだけでよいのですよ。お前さんが喋らない分、わたしがよく喋る。ちょうど辻褄が合うておりますからな」

文左衛門はにこやかに言って、

「まず何か頼みましょう。ここは天ぷらがなかなかいけます。こいつで軽く一杯やってから、そばを持ってこさせましょう」

料理と酒を注文してくれた。

「今時分から一杯やると、仕立の仕事ができなくなりますかな？　いや、少しくらいの酒に酔いはしますまい」

確かに文左衛門はよく喋る。

お竜にとってはそれがありがたかった。

こちらから問いかけずとも、お竜の考えていること、言いたいことを読んで先に話をしてくれるのだ。

「先ほど立ち話をしていたのは、井出先生ですな」

お竜が天ぷらに舌鼓を打ち、酒でほんのりと顔を朱に染め始めた時に、文左衛門は勝之助の名を口にした。

願ってもない話の流れとなった。このご隠居なら、井出勝之助の話を聞き易いし、詳しいことを知っているような気がした。

「はい……、井出先生で……」

「あのお方は、おもしろい」

「あたしはまだ、どういうお方なのか、存じませんで」

「そうでしたか。お竜さんは慎み深いゆえ、人のことをあれこれ聞いたりしないのでしょうねえ」

「でも、あたしも〝鶴屋〟さんに出入りさせていただいている身ですから、どういうお方か、知っておきとうはございますが」

お竜はここぞと水を向けた。

「それは道理ですな」

文左衛門は楽しそうな顔で、自らも酒を飲んで舌を潤わせると、

「お竜さんは、北条先生から吉岡流《よしおかりゅう》という剣術の流派があると、聞いたことはありませんか」

と、逆に訊ねた。

「吉岡流……？　そういえば、武者修行で上方へ出かけた時に、学んだことがある と……」

師匠は確かにそう言った。

吉岡流は京都の流派であり、二天一流で名高い宮本武蔵《みやもとむさし》と一条下り松で決闘したと伝えられる吉岡憲法《けんぽう》が有名である。

吉岡一門は、大坂の役の折は大坂城に入城し、敗戦後は徳川家を慮《おもんぱか》り、京都で染物業を始めた。

しかし、吉岡流は受け継がれ、北条佐兵衛も手ほどきを受けたという。

武者修行の頃の話は、いつもとりとめもなく、多くを語らなかったが、

「おれはこのような、どこか謎めいた武芸流派が好きでな……」

昔は足利将軍家の兵法指南を務めたという、吉岡一門に興がそそられ、その道場に立ち寄ったのだそうな。

「わたしも北条先生に出会ったばかりの頃にそんなお話を聞きましてな。〝どこか謎めいた流派〟がお好きだというのが、いかにも先生らしくて、吉岡流という流儀が心に残りまして……」

すると、一月ほど前のこと。

武州金沢へ遊山に行った折、茶屋で旅の武士と出会い、ちょっとした世間話をするうちに、その武士が吉岡流を修めていることがわかった。

「まず見た目は、頼りない男でござるが、これでも吉岡流を少々遣いますのでな、その辺りの追剥《おいはぎ》からお守りするくらいならできますぞ」

愛敬のある上方訛りでそう告げたのが、井出勝之助であった。

文左衛門は、これも何かの縁だと興がそそられ、

「畏れ入りますが、わたしの存じよりの先生が、〝どこか謎めいた武芸流派〟だと申されたのですが、やはり謎めいておるのですかな」

などと問いかけたところ、

「はははは、これはおもしろい。謎めいた？　いやいや、思えば謎だらけかもしれませぬなあ……」

と、大いに笑い、

「まず、あの宮本武蔵と吉岡一門が血闘に及んだという話。武蔵は勝ったと書に記しているようじゃが、吉岡の方ではさにあらず……」

初めは蓮台野《れんだいの》で仕合をして、この時は吉岡憲法に武蔵が眉間を割られて血まみ

れになって敗れた。

次に一条下り松で行なわれた仕合では、武蔵が姿をくらまして逃げてしまったと記されているという。

「とはいえ、こういう伝書の類《たぐい》は、それぞれ己の都合のよいように書き記すもの。ははは、とどのつまりは、武蔵も吉岡も謎だらけでござるよ……」

と、おもしろおかしく語ったものだ。

文左衛門は、飾りけのない勝之助がおもしろくて、共に金沢八景を巡った。ここでも勝之助は、景勝地の由緒を滔々と語り、文左衛門とその供連れを案内してくれた。

吉岡流を修め、さらに風雅の道にも通じているらしい。

文左衛門は、ますます勝之助を気に入り、そのまま共に旅をした。

聞けば勝之助は出府するつもりであると言い、文左衛門も江戸へ戻るところであったので誘ったのだ。

その道中、井出勝之助は己が身上をあれこれ語った。彼は吉岡家の血を引く者で、染物業に就くべく修業をさせられたが、大の女好きで遊里へ出ては周囲の者を困らせた。

おまけに血の気も多く、盛り場で売られた喧嘩はそっくり買って大暴れをするので、

「勝之助は、武芸場で鍛えてやればよかろう」

と、更生のために吉岡流の道場へ入れられた。

すると、元来身軽で、喧嘩自慢であったから、たちまち吉岡流を極めてしまった。

染物業の傍らで、吉岡流の伝承に努めていた吉岡家としては、

「これは思わぬ掘り出し物であったかもしれぬぞ」

と喜び、井出勝之助に吉岡流を任せてもよかろうという話になった。

勝之助は、それも悪くはないと思い、さらなる武芸の高みを目指したが、この男の女好きは直らなかった。

かつて井原西鶴が著した〝好色一代男〟の主人公・浮世之介に憧れ、遊里をさまよい、またも喧嘩沙汰を起こしてしまう。

吉岡流に新たな工夫を加えた勝之助の武術はさらに磨きがかけられていたので、彼に敵う者はいなかったのだ。

しかし、放蕩が過ぎて一族からの絶縁を受けてしまい、それからはしばらく大

坂で暮らした後、旅に出た。

そのあたりもまるで放浪する浮世之介のようであるが、

「行く先々で、女の世話になって暮らしました……」

と、懐しく語ったのである。

金はあるが幸が薄い――。

そんな女の間を渡り歩き、女を幸せにしてから、また新たな旅に出る。

「それじゃによって、拙者は女を苦しめる奴は許せぬ……」

と、勝之助は力を込めて言った。

――ほんにおもしろいお人だ。

物好きな文左衛門は、自分の手許に置いておきたくなってきた。

しかし、勝之助の話はおもしろ過ぎて、いささか真実味にかけるところがある。

太平楽を言っているようには思えなかったが、吉岡流を本当に極めているのであろうかと、そこが疑わしかったのだ。

とはいえ、この場で腕のほどを見せてくれとは言えなかった。

すると、川崎宿に入る手前で、酔態の武士が二人で、近在の百姓娘に絡んでいる姿が見えた。

ふらふらと歩いていて、脇を通り過ぎようとしていた娘にぶつかって、

「おのれ、無礼者めが！」

と、相手がうら若い娘であるので、からかい半分に絡んだのであろう。

通りすがりの者達も、武士二人が偉丈夫でいかにも強そうであったから、取りなす術《すべ》もなく見守るばかりであった。

「ちと、行って参ります……」

これを認めた勝之助は、涼しげな顔で二人の武士に近寄って、

「そのあたりになされよ。お見かけしたところ、いずれかの御家中の御方と存じまする。それでは御主《おしゆう》の御名を汚すことになりましょうぞ」

と、窘《たしな》めた。

先ほどまでのくだけた上方訛りも抑えた、堂々たる物言いであった。

文左衛門は、心の内で二人の武士がいきり立つことを望んでいた。

こうなると、勝之助の腕のほどを見てみたくなるというものだ。

そうして二人の武士は、

「何だおぬしは……」

「我らが御主の御名を汚すとは、よう申したな！」

文左衛門の期待通り、勝之助に絡み始めた。

よく見ると、二人の武士は偉丈夫の上に、その差料《さしりょう》も武張っていて、いかにも腕に覚えがあるようだ。

それでも勝之助はまったく臆せず、ニヤリと笑うと、

「そやから、乱暴はやめて、早よ去《い》なんかい！」

がらりと打って変わって、上方訛りで二人を罵った。

「おのれ！　我らを愚弄するか！」

二人は酒の酔いも手伝ったか、同時に腰の刀に手をかけた。

「何じゃ、抜こうというのか？　相手になってやるが、往来で武士がみだりに刀を抜いてよいものか。よう考えてからにしなはれや」

勝之助は、さらにからかうように言って二人を挑発した。

二人は引くに引けず、

「ならば、武門の意地をかけた果し合いと参ろう」

「抜け！」

と、凄んだ。

「あほかい！」

勝之助は、己が刀に手をかけもせず前へ出た。

「うむ!」

これを抜き打ちに斬らんとした一人であったが、刀が抜けない。

素早く間合に入った勝之助が、その柄頭を右手で押さえたのだ。

同時に抜かんとした今一人の武士は、この早業に一瞬気を呑まれた。

勝之助は、柄を押さえた右手を、さっと放すと、体勢が崩れた武士の顔面に拳を突き入れ、今一人の武士に向かって投げつけた。

ぶつけられた武士は、ちょうど抜刀したところであったのでこれに慌て、よけた拍子におこついた。

それにすかさず勝之助が蹴りを入れる。

蹴られた武士は刀を取り落した。

勝之助は素早くその刀を拾い上げ、二人を次々と峰打ちに倒した。

その間に百姓娘を、

「早う行け。気をつけるのやぞ……」

と、逃がして、拾い上げた刀の鞘を武士の腰から抜き取ると、懐の道中手形を奪い一読した。

それには二人の武士の主家の名が記されてある。

「お前らがどこの家中かわかった。それゆえこの刀は預からせてもらうで。もしまた、お前らがここでよからぬことをしたら、この刀を江戸のお屋敷に届けてやるよってに覚悟をしいや」

勝之助は二人にそう言い置いて、再び文左衛門の傍へ戻ると、

「女に絡む奴は許せまへんなあ。ほな行きまほ……」

高らかに笑って歩き出したのだ。

殺伐とした争闘の場も、勝之助が物を言うと、どこかほのぼのとして楽しくなってくる。

先ほどの百姓娘に後難が降りかからぬように、武士の差料を預かったのも気が利いている。

宮仕えする武士が、己が差料を出先で失うなどありえぬことである。

勝之助が奪った刀の鞘には、武士の家紋があしらわれていた。

それを畏れながらと主家の屋敷へ差し出せば、厳しい処分を受けよう。

満座の中で、二人の武士の主家の名を読み上げなかったのも、情のある仕儀であった。

文左衛門は、勝之助の強さとやさしさが胸に沁み入り、

「江戸に落ち着く先はあるのですかな?」

と、問うてみた。

「いや、これというてござりまへんのやが、江戸ではもうええ加減に、一所で落ち着きたいものですなあ……」

勝之助は頭を掻いた。

土地土地では、上方訛りの洒脱で腕の立つ武士は珍しがられたが、色んな人が行き通う江戸で、自分のような贅六《ぜいろく》が受け容れられるかどうかはわからない。

とはいえ、二十八にもなって、女の世話になって暮らすのも気が引けるし、どこかで腰を落ち着けて、少しは人の役に立つ生き方を考えてみたい。

「まあ、そない思てますのやが、どうなることやら……」

と、勝之助は恥ずかしそうに、今の想いを告げたそうな。

「それならば、〝鶴屋〟で用心棒をしながら、奉公人達に読み書きに学問教授、時には武芸の指南などしてはどうかと、この隠居が、井出先生に勧めたのですよ」

孫兵衛が、そんな人がいればよいのだがと、以前から話していたので、すぐさま白羽の矢をたてたのだと、文左衛門はお竜に語った。

「そうでしたか。それで〝鶴屋〟さんに……」

お竜は感じ入った。

「おもしろいお人でしょう」

「はい、聞けば聞くほどに……」

「お竜さんの次は、井出先生。わたしも近頃では、口入屋の真似ごとをしておりますよ。でも、孫兵衛さんは大層喜んでくれていますよ……」

㈢

文左衛門は、それから旅で出会ったおかしな人達の話をすると、

「お竜さん、懲りずにまたお付合いください。お前さんのように、じっと話を聞いてくれる人はなかなか見つかりませんのでねえ」

と、上機嫌で帰っていった。

文左衛門から井出勝之助の人となりを聞いて、お竜の心の内はすっきりとして

風通しがよくなった。

この先勝之助は、お竜が女の敵を退治するのを知ったとしても、その邪魔はしないはずだ。

しかし、心の内はすっきりとしたものの、

——もしかすると、あの旦那もあたしと同じことをしようとしているのでは。

という、疑念が湧いてきた。

盛り場で騒ぎを起こし、京都にいられなくなり、旅先では女の世話になって暮らした。

それゆえ、女を苛める者は許せないと、勝之助は女衒の勘六の命を狙っていたのかもしれない。

ところが、お竜に先を越された。

よくぞ殺したという想い。

見事な手並であったという、武芸者としての感動。

それが物好きな勝之助の心を動かし、お竜を称えずにいられなくなった——。

そのように考えれば埒が明く。

だが、勘六を殺してやろうと思った二人が、奇しくも〝鶴屋〟出入りの仕立屋と、店の用心棒というのが気にかかる。

お竜は、武芸の師・北条佐兵衛の紹介で〝鶴屋〟の仕立屋となったのだが、佐兵衛と〝鶴屋〟との仲介をしたのは文左衛門であった。

お竜は、佐兵衛と文左衛門の間に、どのような話があったのかは報されていない。

お竜に、市井で暮らす居場所を作ってやろうと、佐兵衛は文左衛門に頼んでくれたのだと考えていたが、

「お竜には、わたしがしっかりと武芸の腕を仕込んであるし、お竜はその腕を、弱い女のために役立てるつもりでいる……」

実はそこまで告げていたのではなかったか。

文左衛門は、お竜のそういう心意気を支援したくなった。

この隠居もまた、弱く哀れな女を苛める者を許せぬ想いが強く、お竜を信用がおける〝鶴屋〟に入れ、さらに旅先で知り合った井出勝之助にもそれを期待して、〝鶴屋〟に入れた。

そう考えると、〝鶴屋〟の主・孫兵衛も、文左衛門と同じ想いでいるのかもしれない。

孫兵衛は、文左衛門のことを、

「まあ、わたしの師匠というところですかな……」

と、お竜に告げていた。

孫兵衛ほどの商人が、一人の隠居についてそのように言うのは、親しみを込めてのことだと思っていたが、どうやらそうでもないらしい。

文左衛門を前にした時の孫兵衛は、親しみというよりも、畏敬の念をもって接していたように見えた。

孫兵衛は、文左衛門を真の師としていて、師が望むことは無条件で自分が受け容れねばならないと、心に誓っているのかもしれない。

そして二人共、お竜に何かを期待しているように思える。気にせずに、お竜は己が過去の償いを続けるべきである。となれば、はっきりとさせておくべきことがひとつある。

井出勝之助は、先ほどお竜を捉《つか》まえて、

「おれはどうも、おふみという女が気に入らんのや……」

と、女衒の勘六の女房・おふみについて評した。

「哀れな女のふりをして、何か企んでいるような……」

お竜は、おふみを人でなしの男から解き放ってやったつもりでいたが、おふみはうるさい亭主が死んだのをよいことに、また新しい悪事に手を染めんとしているのかもしれない。

つまり、かつての自分が林助に騙され、恐怖で縛りつけられ、止むなく悪事に加担してしまったのと違い、おふみはそもそもが悪党で、似た者同士で勘六と一緒になったのではなかったかと、その疑問が湧いてきたのである。

思い出してみると、おふみは勘六に殴られて尚、どこかしっかりとした風情があった。

惚れた弱みが祟ったのかと労ると、

「女に生まれたことに祟られましたよ……」

ぽつりと言葉を返した。

今思えば、弱い女の嘆きではなく、自分が男なら勘六のような悪党に偉そうな顔はさせていないという、反発がその言葉に込められていたともとれる。

あの時は、かつての亭主の林助に殴られている自分が蘇り、ただただおふみを哀れな女と決めつけてしまった。

しかし、おふみは勘六と手を携えて、自ら進んで悪事に手を染めてきたのかもしれない。

女の敵が、男ばかりであるとはいえないはずだ。

文左衛門と、そば屋で過ごした一時によって、井出勝之助もまた、自分と同じ信条であることがはっきりとした。

その勝之助が、おふみを怪しい女だと見ているのだ。

おふみがどのような女なのか、この際調べておこう――。

おしんからお竜となり、武芸の師・北条佐兵衛と別れ、市井に暮らして早や三月。

お竜の身の周りは、俄然、殺気だってきたのである。

(四)

お竜は、その日から動き始めた。

以前、勘六について調べたところへ、再び置屋の女将《おかみ》風に姿を変えて出向いたのだ。

お竜が住む〝八百蔵長屋〟の一軒は、裏手に猫の額ほどの庭があり、垣根を越えれば路地に出られる。

鍛え上げられたお竜は、踏み台ひとつあれば、変装したままで垣根をひょいと越えられる。

そうすれば、長屋の住人達にその姿を見られることもないので、真にありがたい。

お竜は、人知れず外へ出ると、築地から鉄砲洲へと向かった。

稲荷橋を北に渡ったところに、口入屋がある。

そこの親方が、勘六について酷評していたのだが、女房のおふみのことは何も聞かなかったので、探りを入れてみたのだ。

お竜は、通りすがりを装って家の中を覗くと、長火鉢の前で煙管を使う、親方の姿があった。

「これは親方、その折はお手間をとらせてしまいました……」

お竜が声をかけると、

「おや、いつぞやの女将さんですかい？　まあそこへおかけなせえ」

親方は、にこやかに応えて、お竜を上がり框に座るよう勧めた。

「親方のお蔭で助かりました。勘六という女衒の親方は、とんでもない人のようで、頼まないでよかったとつくづく思いましたよ」

お竜が頭を下げると、親方は満足そうに頷いて、

「そうでしょう。あの野郎、堀端に浮かんでいたってえますからねえ。さぞかし方々で恨みを買っていたのでしょうよ」

「ええ、聞きましたよ。何やらぞうっとしました」

「誰が殺《や》ったかは知らねえが、殺されて当り前の奴だと、お上の役人方も、ろくに調べようともしねえ。人もああなっちゃあ、おしめえだ……」

「でも、死ねば仏ですからねえ。勘六さんにも、女房子供がいたのでは？」

「へい、おふみという女房がいたのですがねえ……」

「そんなら、そのおふみさんもお気の毒に……。悪い人でも亭主を殺されたとなると、さぞ辛い想いをしたことでしょうねえ」

「いやいや、おふみってえのは、そんな玉じゃありやせんよ」

「そうなのですか？」

「ええ、見かけは大人しそうなんだが、なかなかどうして、恐ろしい女だそうですぜ。亭主と一緒に殺されなかっただけでも、ありがてえってもんですぜ」

親方は忌々しそうに言った。

勘六の陰に隠れているが、おふみもまた、勘六一家の一人で、悪事に手を染めていたのだと断定したのだ。

「ということは、おふみさんが旦那の仕事を受け継いだところで、大して変わりはありませんねえ」

「変わりやせんねえ。勘六には槌太郎《つちたろう》という乾分《こぶん》がおりやすが、この野郎もろくなもんじゃあねえ。勘六の後釜に座って、何か企んでいるかもしれやせんぜ」

「さすがは親方、何でもよく知っておいでですねえ」

「そりゃあまあ、これくれえのことを知らねえようじゃあ、こういう稼業は務まりませんや。で、頼りになる女衒は見つかりそうですかい？」

「はい。心当りができました。そのお礼を申し上げようと立ち寄ったのですが、とんだお邪魔をしてしまいました……」

お竜は、丁重に礼を言って立ち去ったのだが、気持ちは落ち着かなかった。

ためらいなく、鮮やかな手口で勘六を仕留めたまではよかったが、その場を井出勝之助に見られた上に、勘六の女房にまで目が届いていなかったのは不覚であった。

己が未熟を思い知らされる。

北条佐兵衛はお竜に殺しの技を教えられても、殺し屋として市中に潜む術までは知らなかったのだ。

勘六を殺しさえすれば、女達の恨みを晴らしたとはいえまい。

それは、初めから考えておかねばならなかった。

首を縊って死んでいった女の恨みは、当然のごとく勘六の仕事を手伝っていた者にも向けられているはずだ。

おふみがそうなのかもしれない。さらに乾分の槌太郎が勘六にとって代わって悪事を働くなら、自分は槌太郎の目の上のこぶを取り払ってやっただけのことになる。

お竜は、明石町にある勘六の家をそっと窺ってみた。

そこは勘六を殺しの的に定めた時に調べてあった。

鉄砲洲の浜に建つ借家で、海辺からは松並木で隔てられている。

両隣は、藁屋根の庵風の家で、その境にも松が数本立っているので、人目につくところではない。

それだけに、お竜としては身を隠しやすく都合がよい。おふみには顔を知られていたからだ。

松並木の陰から、お竜は借家を注意深く見た。

中には人影が窺える。

女のようである。おふみは今でもここに住んでいるらしい。


しばらく眺めていると、板屋根の木戸門から男が出てきた。

勘六を付け狙っていた時によく見かけた顔であった。

雑魚《ざこ》は放っておけばよいと思っていたが、雑魚も目を離すと巨大な鮫になるかもしれないと考えるべきであった。

以前見かけた時と違って、不敵な面構えになっていた。

その勘六の乾分を送り出す女の姿が見えた。

おふみである。

井出勝之助は、勘六が死んだ途端に、おふみは新たな男とねんごろになっていると言っていたが、どうやらそれがこの男のようである。

並び立つ風情を見れば、この男女がわりない仲であるのがお竜にはわかる。

亭主が殺されたことに怯え、誰かに縋りつかねばいられなくなった哀れな女——。

おふみの表情には、そういう悲痛さは浮かんでいなかった。

男と女の優劣を見れば、明らかにおふみが男を支配しているのがわかる。勘六亡き後その乾分をたらし込んで、思うがままに操っているのであろう。考えてみれば、おふみは勘六さえも操っていたのかもしれない。勘六は時にその事実を思い知り、

「お前の意のままにさせて、堪るもんけえ」

と激昂して、おふみを殴りつけたり、罵ってうさを晴らしていたのではなかろうか。

「つ、う、さん、いっそここへ移ってきたらどうなんだい？」

おふみの鼻にかかった声が聞こえてきた。

「姐さん、いくらおれの面の皮が厚くったって、そいつはいけねえや」

つ、う、さんと呼ばれた乾分は、苦笑いを浮かべた。

「まったくお前は、思い切りの悪い男だねえ。こっちは苛々とするよ」

おふみは吐き捨てるように言った。

「もう少し様子を見ねえと、何だか落ち着かねえよ」

「次はお前が殺される番だってかい？　ふん、そいつは考え過ぎさ。ちょいと自《うぬ》惚《ぼ》れが強くなったようだねえ」

「おれなど殺すに足りねえってかい？」

「ふふふ……」

「ひでえことを言うぜ」

「ちょいとからかっただけさ。女のあたしじゃあ、なかなか仕事が回らない。頼りにしているよ……」

おふみは、つうさんに艶めかしい目を向けると、家の中へと消えていった。

つうさんは、大きく息を吐くと、懐手をして歩き出した。

お竜はこれを逃さず、そっとあとをつけた。

〝つうさん〟と呼ばれた男は、勘六の様子を窺う際、何度か見かけたが、名前までは知らなかった。

だが、つうさんというのだ。恐らくこの男が、

「勘六には槌太郎という乾分がおりやすが……」

と、口入屋の親方が言っていた、乾分の槌太郎に違いなかろう。

お竜はそのように当たりをつけた。

やがて、つうさんは勘六の家からほど近い、十軒町の裏店に入っていった。

お竜はそれを確かめると、露地木戸に入ったところに置かれた縁台に腰をかけ、

退屈そうにしている老婆を見つけた。

日がな一日、ここに座って住人達の行動をじっと窺い見ることだけを、生き甲斐にしている因業《いんごう》婆ァの趣がある。

お竜は木戸門から中を覗くと、

「小母《おば》さん、ちょいと教えてもらいたいのだけどねえ」

少しばかり、下手に出た物言いで声をかけた。

こういう類の女には、何よりもこれが効く。

日頃から、若い者には相手にされず、

「壊れたかわらけの人形の方が、口が利けねえ分飾りになるってもんだ」

などと聞こえよがしに言う者もいる。

——見ているがいいや、お前達のしていることはしっかりとこの目と耳で摑んでいるからねえ。ふん、何かの折には、洗いざらいぶちまけてやるよ。

因業婆ァは、ひたすら復讐の時が訪れるのを待ち受けているのだ。

「おや、見かけない顔だねえ……」

老婆は、お竜に親しみの目を向けた。

「教えてもらいたいことってえのは、何だい?」

わたしに訊ねたあんたは目が高いよと、言わんばかりに応えたものだ。

「こんなところで立ち話もなんだから、そこの掛茶屋でどうです？」

お竜が誘うと、暇を持て余している老婆はほいほいとついてきた。

海辺の葭簀《よしず》掛けの茶屋の長床几に並んで腰を下ろし、

「すまないねえ。まあ、こいつはほんの迷惑代ですよ」

豆板銀をそっと握らせてやると、老婆の顔に朱がさした。

「こう見込まれちゃあ、何もかも話さないと罰が当たるねえ」

老婆は不揃いの歯をむき出しにして身を乗り出したのである。

「小母さんの長屋に、女衒の勘六親分の身内のお人が住んでいますよねえ」

「ああ、あの槌太郎のことかい……」

やはりそうであった。

口入屋の親方が、おふみに続けて、

「この野郎もろくなもんじゃあねえ。勘六の後釜に座って、何か企んでいるかもしれやせんぜ」

と、こき下ろした槌太郎こそが、〝つうさん〟であったのだ。

「お前さん、あのろくでなしに何か用があるのかい？」

老婆の目がぎらりと光った。

「いえ、勘六さんに仕事を頼もうかと思っていたら、亡くなったというので身内の人に話をしようかと思ったのですが……」

勘六は殺されたと聞いたので、身内の衆も信用出来る男かどうか不安になり、まず事情を知っていそうな人に訊ねてみようと、声をかけたのだとお竜は告げた。

「お前さん、そいつは好い分別《ふんべつ》だったよ」

老婆はここぞとばかり、勘六と槌太郎の素行を罵り、

「あんな奴らには、関わらないのが身のためだよう」

と、言い切った。

さらに老婆は、勘六の死は天罰であり、

「槌太郎の野郎は、手前にもたたるんじゃあねえかと怯えやがって、女房を外に隠しやがったのさ」

「女房がいたのかい？」

「ああ、おかねという女郎あがりさ。手前も身を売ったことがあるってえのに、亭主に売りとばされる女のことなど、まるで気にもとめない薄情な女でねえ。まあ、勘六の女房よりはましかもしれないが……」

「幸せな女《ひと》だねえ。亭主が巻き添えになるのを恐れて、身を隠すように手はずをととのえてくれるなんて」

「ふふふ、そんな男気で外に出したんじゃあないだろうよ。いざとなったら、手前が逃げ出すのに足手まといになると考えたのさ。それに……」

「何です？」

「勘六の女房の目が恐くなったのに違いないよ。ろくでなし同士が、早くも引っつきやがったからね」

「勘六さんが死んですぐに？」

「わたしが見たところでは、勘六が殺される前から、あの二人はできていやがったね」

「なるほど……。殺される前からねえ……」

お竜も、もしやそうであったのかもしれないと見ていたが、どうやら老婆の言うことが正しいようだ。

「ひょっとすると、勘六の女房が槌太郎をそそのかして、亭主を殺させたのかもしれない。勘六が死んだと聞いた時は、そう思ったものさ」

老婆は思った以上に槌太郎をよく見ていた。

「ふふふ、まあ、あの男にそんな度胸はないだろうがねえ。何でも勘六は心の臓をひと突きにされていたってえから。あんなでこ助にはとてもとても……」

「で、そのおかねさんは、今どこにいるのです？」

「さあ、そいつはよくわかりませんがねえ。芝の辺りじゃあないかねえ。おかねはこの長屋から姿をくらます前に、芝がどうのこうのと言って、槌太郎ともめているようだったから」

「たまには会いに行ってあげているのですかねえ」

「行っているようだね。あまり間を空けると、騒ぎ出すかもしれないから、それが面倒なんだろうよ」

「なるほど、小母さんは大したもんだねえ。何だって知っているんだ……」

「へへへ、まあその辺りは、だてに長く生きちゃあ、いませんよ。とにかく、槌太郎って野郎はろくなもんじゃあないから、女衒に用があるなら他所《よそ》を当った方がいい。何といったってあの破落戸《ごろつき》は……」

老婆はそれからしばらく、勘六、おふみ、槌太郎を言葉の限り罵り続けた。

同じ話の繰り返しになると、お竜はそれを聞き流しながら、勘六を始末した後の締め括りをいかにすればよいか、そればかりを考えていた。

(五)

「少しの間、お暇をちょうだいいたしとうございます。先生の家に風を通しに行って参ります。まず、二、三日でお掃除や片付けものもすむと思いますが……」

翌朝。

お竜は〝鶴屋〟に出向くと孫兵衛にそのように申し出て、次の仕立物が少し遅れるかもしれないとの伺いを立てた。

北条佐兵衛は、みっちりとお竜に武芸を仕込むと、〝鶴屋〟を紹介してふらりと旅に出てしまった。

その際、自分と同じ境遇にいる女のために、身に備わった武芸を揮ってやるがよいという言葉と共に、

「この家は、お前が時折来て、面倒を見てやってくれ」

と、言い置いていた。

つまりこの家は、江戸にいつでも帰ってこられるように残しておくので、管理をしておいてくれというのだ。

家主と話はついているらしいので、京橋の南に新居を得ても、お竜はこの浪宅をいつ使ってもよいことになる。

師匠としてその意図を何も告げずに旅に出たのは、やはり〝言葉足らず〟であったが、お竜には、三年過ごしたこの家があるのは嬉しかった。

ここを残しておくというのは、佐兵衛はまた江戸に戻ってくるという意思を示したわけである。

もはや師を頼るつもりはない。

だが、おしんからお竜に生まれ変わった今、彼女にとって、ただ一人の身内と心に思うのは北条佐兵衛であり、この百姓家が唯一の故郷なのだ。

「そうですか、それは大事な用ですね。先生からもそのお話は伺っておりますから、思うがままにどうぞ」

孫兵衛は、まったく異を唱えずに、

「とりたてて急ぎの仕立物もないので、気にすることはありません」

と、言ってくれた。

〝言葉足らず〟の佐兵衛が、留守にしている浪宅について、孫兵衛にもきっちりと伝えていたというのは少し意外であったが、

──これで少しの間、姿をくらますことができる。

お竜にとっては、何よりもありがたい口実であった。

お竜はこれから、佐兵衛から学んだ武芸の内の隠術《しのび》をもって、おふみと槌太郎にぴたりと張りついてやろうと考えていた。

そしてその間は、三十間堀三丁目の〝八百蔵長屋〟を留守にしなければならないのだ。

とはいえ、ただ口実にして、師匠の浪宅に足を運ばないのも気が引けた。

おふみが暮らす鉄砲洲から、師の浪宅がある真崎稲荷裏までは遠いのだが、孫兵衛への申告通り久しぶりに風を通しに行くことにした。

江戸橋で舟を仕立てて、橋場の渡しへ。

そこまで行けば、浪宅はもう目と鼻の先である。

北条佐兵衛が旅に出てから、月に一度はここに来て、風を通し掃除をした。

出入り口の戸には錠が下ろされていて、その鍵はお竜が預かっていた。

何の変哲もない百姓家だが、ここにはあれこれ工夫がこらされている。

いざという時に、潜伏先の屋根裏や縁の下に、いかにして忍び込むか、あらゆる想定で稽古が出来るようにしてあるのだ。

お竜は、掃き掃除、拭き掃除に励んだ。

掃除は頭を使ってすると、これがたちまち武芸の稽古となる。

身を屈めて走ってみたり、猿《ましら》のごとき跳躍で梁に上ったりするうちに、ここでの武芸三昧の日々が思い出された。

北条佐兵衛は、お竜の能力を限りなく伸ばした。

自分にそのような力が秘められていたと知ることが、絶望の中で命を落しかけたお竜にとって、どれだけ励みになったであろう。

そして、自分の心と体を縛りつけた憎い男の情念を消し去ってくれた師との、めくるめく一夜の思い出。

お竜はしばし一間で瞑想した。

師匠はその一時を欠かさなかった。

目を閉じて無念無想の境地に近付かんとすると、この家に漂うすべての霊力が、自分に乗り移ってくれるような気がした。

久しぶりに夢中になって小太刀の型を稽古すると、お竜は風呂を焚いて汗を流した。

右の内腿に刻まれた竜の彫物が、牙をむいて吠えている。

これがある限り、お竜はまともな女に戻れない。

風呂屋へ行く時も、人がいない頃を見はからい、もし人に見られたら、足に怪我の跡があると称し、いつも晒《さらし》で巻いている。

心おきなく湯に浸れるのはこの家の風呂だけであろう。修行中は、

「心おきなくいられるところなど、どこにもないぞ……」

残り湯に浸り、一息ついていたお竜を、佐兵衛は袋竹刀を手に、いきなり襲ったこともあった。

身に着ける物と、身を守る得物は、どんな時でも傍に置いておく大事さを身をもって教えられた。

ゆえに今も、湯船の縁には棒手裏剣が突き立っている。

だからこそ、人目を気にせずそんな備えが出来るこの家の風呂が、お竜にとっては、どこよりも寛げるのである。

「さて、行くとするか」

お竜は風呂を出た。

内腿の竜が朱に染まっている。

これを見る度に、お竜の心の内に、めらめらと怒りの炎が燃えあがる。

その怒りの先は、まっとうに、健気に生きる女を食いものにする連中に、向けられ続けなければならないのだ。

(六)

夜となって、お竜は佃島の女漁師のような出立ちとなり、海辺の道を歩いていた。

目指すは、もちろんかつての勘六の住処《すみか》であった。

今もおふみはここに住んでいて、死んだ旦那の乾分とよろしくやっている。

その乾分の槌太郎は、女房のおかねを安全のためと言って他所へ移し、おふみに誘われるがままに、この家に足繁く通っているらしい。

互いに邪魔がいなくなり燃え上がっているのであろうが、それなりに大きな力を握っていた勘六が何者かに殺された衝撃は強いはずだ。

悪ぶってはいても、勘六の身内である二人は、気持ちが悪くて、不安な日々を送っているのに違いない。

今宵もまた身を寄せ合って、この先の悪縁をいかに結んでいこうかと、思案するのは目に見えていた。

女漁師の出立ちのお竜は、いつにも増して動き易い。

海辺の道から、明石町の勘六の家の裏手に素早く身を潜める彼女の姿を見た者は、誰もいなかった。

海辺からは松並木で隔てられている借家であるから、日が暮れるとお竜の隠術は、その姿を見事に消していた。

勘六は、日々悪事に手を染めていたから、人目につかぬこの家が、何かと便利であったのだろう。

時には無理矢理娘を連れ込んで縛りあげ、己が言うことを聞かせたりもしたのではなかろうか。

その目立たなさは、おふみと槌太郎の逢瀬にも幸いしたのだが、容易に人の侵入を許すことにもなる。

日頃は人に恐れられ、反撃に遭わなかった彼らは、危険を冒してまで自分達に探りを入れる者などいまいと高を括るようになる。

それは油断となって身についてしまうのである。

お竜の姿は台所の勝手口から中へと消えた。

勘六を始末する時、お竜は既にこの家を調べていた。

開け放たれた勝手口の戸から中を覗き見て、おおよその見当をつけていた。

台所の天井板がずれているところがある。

壁から迫《せ》り出した梁に足をかければ、そこから容易に天井裏へ入れるであろう。

この家に忍び込み、寝入りばなを襲う手も考えたが、女房がいる上に、乾分の出入りもある。

危険はかえって家の方が大きい。

仕損じることはまずないが、訪ねて来た誰かに姿を見られる恐れもあった。

それゆえ、人気《ひとけ》のない夜道での襲撃を選んだが、皮肉にもそれを井出勝之助に見られてしまった。

あれからは、勝之助の影を意識して動いていた。

今もその気配はなかった。

台所へ入って身を潜めると、向こうの一間の障子戸に、ぼんやりと灯りが点っている。

おふみの気配を覚えたが、今は一人のようだ。

お竜は流しに足をかけると、音もなく梁に取りついて、天井板をずらし、まんまと屋根裏へ消えた。

そして、やがてやって来るであろう、槌太郎のおとないを待つ。

少し進むと下からの明かりが洩れていた。覗いてみると、そこがおふみのいる部屋であった。

少し前までは、この家の主の勘六がしていたのであろうように長火鉢に頬杖をつき、おふみは酒の燗をつけながら一杯やっていた。

おふみは何度も溜息をつきながら、苛々とした様子を見せていた。

——槌太郎を待っているらしい。

お竜は、潜んでいる間が短くてすみそうだと一息ついた。

おふみが苛々すればするほど、焦る槌太郎の姿が目に浮かぶ。

半刻もたたぬうちに、槌太郎が駆け込むように入ってきた。

「遅いじゃあないか。おかねのところへでも機嫌をとりに行っていたのかい」

顔を見るや、おふみは静かに言った。

「そんなんじゃあねえよ。勘六の兄ィの跡を継ぐには、それなりに挨拶ごとがいるのさ」

槌太郎は宥《なだ》めるように言った。

おふみは決して声を荒げることなく、真綿で首を絞めるような物言いをする。勘六がおふみを殴りつけ、罵っているのを見た時はわからなかったが、勘六もおふみの手の平で転がされていたのかもしれない。

お竜は、勘六の行状を調べあげ、この家もそっと窺っていたのだが、おふみは勘六を怒らせた後ゆえ、ただただ沈黙を貫いていたらしい。

お竜には、おふみの正体が窺えなかったのも無理はなかった。

「勘六の兄ィ……。ふん、今じゃあお前が親分だ。勘六の野郎と呼べばいいさ」

「そうだったな……」

おふみは、槌太郎を迎え入れると、今度は槌太郎の肩にもたれかかり、酒を注いでやる。

こういうところは、かわいげのある女を演じることも出来るようだ。

「しっかりしておくれな。わたしはあんただけが頼りなんだからねえ」

「だがよう、どうも気になって仕方がねえ」

槌太郎は虚勢を張りつつも、落ち着かないようだ。おふみはうんざりとした表情で、

「勘六が誰に殺されたか……？」

「そういうことだ」

「だから何度も言っているだろう。勘六を殺したいと考えている奴らは、数え切れないほどいるのさ。わかるもんかい」

「そりゃあそうだがよう」

「そいつが、あんたとわたしを殺しに来るってかい？　馬鹿馬鹿しい。あんな奴にこき使われていたわたし達を、哀れに思う者はいるだろうが、わざわざ殺してやろうなんて思う者はいないよ。いつまでびくびくしているんだい」

「なるほど……。お前の言う通りだな。おれ達も随分と悪事を重ねたが、うめえところはみんな勘六が持っていきやがった。ヘッ、哀れなもんだ……」

「その二人に、付きが巡ってきたってわけさ。勘六を殺す手間が省けたんだからねえ」

「おれはいっそ、この手で殺してやりたかったぜ」

「おやおや、今度はまた、威勢の好いことを言うじゃあないか。わたしが持ちかけた時は、ためらったくせに」

「そいつは、お前の身を案じてのことさ」

「見くびっちゃあいけないよ。わたしはねえ、勘六の兄貴分と、勘六の女房をこの手で殺しているんだよ」

「そいつは本当の話なのかよう」

「信じる信じないはあんたの勝手さ。だがねえ、わたしがうまく手引きをして、つうさんが勘六をやっちまう……。容易《たやす》いことだったはずだよ」

「お前は恐ろしい女だなあ……」

「あんたを殺したりはしないさ。わたしを大事にしてくれるならねえ」

「おれは勘六みてえに、お前をぶったりはしねえよ。おっかねえからな……」

「ふふふ……」

おふみと槌太郎は、それからしばらく、この先のことを話し合った。

そっと聞き耳を立てるお竜は、胸くそが悪くなってきた。

二人の悪巧みは止まるところを知らない。

勘六を殺したのは正しかった。

だがそれは、眼下の男女の露払いをしてやったのに等しい。そう思うと、腹が立ってきた。

やがて、一間の内からは人でなしのつがいの睦み合う声が聞こえてきた。

お竜が殺さずとも、井出勝之助が殺さずとも、そもそもこの二人は、勘六を殺すつもりであったのだ。

「おふみ、そこまでしなくても好いだろうよ……」

「何を言っているんだい。わたしをその気にさせたんだ。このままじゃあ、すまさないよ」

「だが、後生が悪いぜ……」

「今さら仏心かい？　二人で一緒に地獄に落ちようじゃあないか」

熱い吐息と喘ぎ声の合間に、おふみと槌太郎のおぞましい会話が、途切れ途切れに聞こえてきた。

㈦

金杉橋を南に渡り、新堀川沿いに東へ行くと、松木立に出る。

その向こうは芝浦の海が広がっている。

松木立と海の境目は小高い崖になっていて、昼間であれば、松越しに遠く青い海原が望めて、なかなかの遊楽地となる。

とはいえ夜となれば、誰も寄りつかないので、世を忍ぶ仲の男女が密会をするのには、ちょっとした穴場になる。

桜は散り始めていたが、夜空には星が、海には漁火《いさりび》が煌めく、美しい夜であった。

松木立の中で、提灯《ちょうちん》を枝にひっかけ、その火で煙管を使い、落ち着きもなく、ぷかりと煙草をくゆらしている男が一人――。

槌太郎であった。

「とどのつまり、誰よりも長生きするのは、あのおふみかもしれねえぜ……」

彼は潮風に身をさらしながら、ぶるッと震えてみせた。

勘六は相当の悪党であった。

売りとばした女が、どれほど悲惨な境遇にいて、苦しい目に遭っていようが、何ひとつ憐憫《れんびん》の情も示さず、自分の敵になる者は、密かに殺して人気のない林に埋めたりもした。

その片棒を担いできた槌太郎も、悪さ加減ではその辺りの破落戸など足下にも及ばぬほどのものであった。

だが、誰よりも悪党といえるのは、おふみであろう。

勘六に惚れたのはおふみの方であった。

そもそもは矢場女《やばおんな》。

腕っ節が強く度胸のあるやくざ者を見かけると、たちまちこれをたらし込んで、自分のために悪事をそそのかす。

何人もの男が、それで命を落とし、

「ひどい男に騙されてしまいましたよ」

と、その都度に哀れな女を演じるおふみの懐はふくれていった。

やがて矢場を出て、小体《こてい》な料理屋を開いて、勘六と出会う。

これほどの悪党はいないと見てとったおふみは、勘六の女房が死んだ後に後釜に座り、その〝内助の功〟によって、勘六は一端《いっぱし》の顔役となり人に恐れられた。

この間に、勘六の兄貴分であった男は死んでいた。泥酔した上で海に落ちたのだ。

勘六の女房も同じ死因であった。

つまり、おふみはあれこれと策を弄して、勘六の女房を殺し、その後妻に納まり、亭主にとっての目の上のこぶであった兄貴分をも殺し、勘六を女衒の親分に仕立てたのだ。

だが、さすがの勘六も、おふみが恐くなり、次第におぞましく思うようになった。

こうなると、おふみは勘六の乾分の槌太郎をたらし込んで、勘六を二人で殺してしまおうと持ちかけた。

こんな女と関わってはいけないと思いながらも、槌太郎はおふみの魔性に引きずられていった。

おふみは、勘六の兄貴分と女房は、自分が殺したのだと、槌太郎だけに打ち明けた。

「何という女だ……」

槌太郎は絶句したが、その嫌悪は、自分にだけは何もかも打ち明けてくれた、というおふみへの恋情に変わっていた。

悪党達を葬り去り、二人で悪の覇者となって、地獄への道行を続ける。

その一歩を踏み出したのだ。もう後戻りは出来なかった。

木立の中に、ほのかな灯が揺れた。

おふみの提灯の灯であった。左の腕で抱くように大徳利を持っている。

「もうすぐやってくるよ。手はず通りにね」

おふみは妖しく頬笑んだ。

「わかったよ……」

槌太郎は溜息交じりに言った。

おふみとの道行に異存はないが、迷いはある。そこが男の優柔不断さで、こんな時の態度にふと表れるのだ。

「何だい、その気のない返事は……」

おふみは槌太郎に縋るような目を向けて、哀しそうに言った。

「わかっているよ。海から風が吹きやがるから、声がかすれただけだよ。手はず通りだな……」

槌太郎は声に力を込めた。

この男が気が進まないのも無理はない。

手はず通りというのは、女房のおかねをこの場で殺す企みなのだ。

おかねは、おふみのように人殺しまでするような女ではないが、女郎あがりで疑い深く、なかなか気性が激しい。

それなりに悪党共の内情にも詳しいので、おふみと槌太郎が一緒になるに当っては、その口を塞いでおくに限る。

言葉にはしないが、おかねはおふみを嫌っていた。

捉えどころがなくて、男を手玉にとって、絶えず何かを企んでいる。その悪さ加減は、自分がまったく敵わない絶妙のもので、以前から亭主の槌太郎に秋波を送っているような気がしていたのだ。

おふみは、人が自分をどのように思っているか、たちまち見破ってしまう。この先、槌太郎がおふみと一緒になって、おかねを捨ててしまうなら、

「あの女は、きっとわたし達の足を引っ張るだろうよ」

後腐れのないように始末しておくべきだと、おふみは槌太郎に迫ったのだ。自分は、槌太郎と謀って亭主の勘六を殺さんとした。幸い、勘六は何者かが殺してくれたが、今度はおかねの番だ。

おかねを始末しないと、二人で前に進めない。おふみの理屈はわかるが、勘六とおかねでは、意味合いが違う。

「殺すまでもねえだろう」

と、初め槌太郎は渋った。

しかし、おふみから寝物語に迫られると従うしかなかった。

勘六の跡を継ぐ男が、そんな甘口でどうするのだ。

おふみをとるのか、おかねをとるのか、はっきりさせてくれ。

二つの理屈で問われると、返す言葉はなかったのだ。

「いいかい。おかねを言いくるめて、金杉の松木立へ来させるから、そこで始末するよ」

まず、おふみが芝の天徳寺門前町に隠れ住んでいるおかねを訪ねる。

そこで、切羽詰まった表情で、

「うちの人が殺されてから、ちょっとやばなことが起こっていてねえ。わたしはこのままどこかへ逃げちまうから、あんたも人目を避けて、金杉橋を渡って左へ行ったところにある松林へお行き。そこでつうさんが待っているから……」

とまくしたて、小粒で二両ばかり入った革財布を置いて走り去る。

そうして、この場に来させ隙を衝いて、槌太郎がおかねに当て身をくらわせる。その上で、ぐったりとしたおかねに無理矢理酒を大量に飲ませた上で、崖から海へ突き落とす――。

こうしておけば、酒に酔って海へ落ちたとしてすまされるであろう。

殺しで何よりの手間は、骸《むくろ》を始末することなのだ。

おかねを人目につかない天徳寺門前町の仕舞屋に移したのは、思いもかけず勘六が何者かに殺され、その後難を恐れた槌太郎が女房の身を案じての方便だとされていた。

だがこれを勧めたのはおふみであった。

槌太郎からおかねを離しておいて、その間に槌太郎の心と体を支配して、いつかおかねを始末する算段を立てていたのである。

人目につきにくい仕舞屋であるが、ここで始末するようなことはしない。

自分が訪ねた事実を知られぬようにして、おかねを呼び出すのだ。

――おふみは、おかねを初めから殺すつもりでいたんだ。

今となって、槌太郎はそれに気付いた。

周到な策を巡らせ、いよいよおふみは、ここで邪魔な女を始末するのだ。

「夫婦で手を取り合って人を殺す……。わたしとあんたは、切っても切れぬ仲になるんだねえ」

おふみは槌太郎を見つめて、しみじみと言った。

「お前という女は、大したもんだ……。おかねはどんな様子だった」

「そりゃあ慌てていたよ。〝姐さん、恩に着ますよ〟なんて、革財布を拝むようにして受け取ってさあ。日頃は陰でわたしのことをくさしているくせに、調子の好い女だよ……」

と、吐き捨てて、おふみは、己が提灯の灯を消した。

「来たよ。わたしは隠れているから、頼んだよ、お前さん……」

遠くにおかねの姿が見えたのだ。

慌てて出てきたのであろう、おかねは小さな風呂敷包みを襷にかけ、右手には提灯、頭には手拭いを吹き流しに被っている。

「おかね……、来たのかい。ちょいとよんどころのねえことになっちまってな……」

槌太郎は低い声で言った。

おかねはその場で提灯の灯を消して、闇をさぐるように槌太郎に近付いてきた。

「おかね、そう恐がることたあねえぜ。おれがついているぜ……」

槌太郎の表情は、ほのかな提灯の明かりに浮かんでいた。

しきりにおかねに頰笑むものの、その目には残忍な光が宿っている。

やたらと声をかけるのは、殺しの前の昂ぶりを抑えるためであろうか。

おかねはそれでも言葉を発しなかった。

「おかね、そこじゃあ遠いや。もっとこっちへ寄りな……」

槌太郎がそう言うと、おかねは提灯を捨てて、男の懐の内にとび込んだ。

その刹那、槌太郎の五体の力が抜けた。

彼の心の臓は、おかねに一突きにされていたのだ。

この女がおかねでないのは、言うまでもなかろう。

お竜が暗がりを利用して、おかねに成り済ましたのである。

槌太郎は、声も立てずに絶命し、お竜は彼の体を引き倒し、その下敷きになるように倒れ込んだ。

これを松の陰から見たおふみは、さっそく槌太郎がおかねを打ち据え、これに覆いかぶさったと見てとって、

「さあ、これをたらふく飲ませてやるよ……」

と、大徳利を手に駆け寄った。

ところが、倒されたはずのおかねは、すっと立ち上がったかと思うと、もう、おふみの背後にいた。

そして、喉元には小刀の先が突きつけられていたのだ。

「おかね……、じゃあないねえ……」

おふみはそれでも落ち着き払っていた。

どんな時でも口先だけで危機を脱し、悪の世界に生きてきた凄みがあった。

「ああ、違うねえ。お前がここへ来るようにそそのかして出ていった後、眠ってもらったよ」

「殺したのかい？」

「殺しはしないよ。気が遠くなっているだけさ」

「その声、どこかで聞いたような気がするよ」

「お前が、人でなしの亭主にぶたれたところに通りかかった女だよ」

お竜は、喉元に小刀を突きつけたまま、おふみの前へ出た。

毛すじほどの隙もないお竜の動きに、おふみは一歩も動けなかった。

「あんただったかい」

おふみはすぐにあの日のことを思い出した。

お竜は冷めた目でおふみを睨みつけると、

「あの時はくだらないことを言ってしまったよ。あんたに亭主を、〝殺しておやんなさい〟、なんてねえ。あたしが言うまでもなく、あんたは殺そうとしていたってえのにさあ……」

「いったい何者なんだい？」

「あたしは、ただの仕立屋さ。だがねえ、縫い物をする他に、ひとつだけお勤めをすることにしているのさ」

「お勤め……？」

「女をいたぶり、食い物にする奴らに罰を与えるのさ」

言うや否や、お竜の小刀はおふみの喉を刺し貫いた。

女が、女に害を為す女を殺す——。

こんなこともあるのだと、お竜の胸の内に一瞬の感傷が生まれたが、彼女の体は勝手に動き出し、闇夜の中を駆けていた。

㈧

「これはお竜さん。北条先生のお住まいのお手入れは、思いの外《ほか》早くすんだのですねえ」

殺しの的を仕留めた翌日。

お竜が〝鶴屋〟を訪ねると、孫兵衛はいつもと変わらぬ笑顔で迎えてくれた。

男達に翻弄され、命さえ失いかけたお竜は、弱い者をいたぶる者達への復讐を心の支えに生きている。

そんな張り詰めた暮らしの中で、孫兵衛のこの笑顔は、自分にも穏やかな居場所があると、唯一ほっとさせられる一時になっている。

恨みを力に変えて、北条佐兵衛の猛稽古を受けて、その上達を確信すると、

「明日も生きていたい」

そう思った。

佐兵衛は、お竜が恐るべき武芸の才を持ち合わせていることに気付き、これを掘り起こす喜びを得た。

しかし、恨みに凝り固まり身に付けた術《すべ》をもって、お竜が武芸者になってはならぬと再び市井へ戻し、〝鶴屋〟という止まり木を与えてくれた。

己が本意ではないとはいえ、罪を重ねてしまった過去を持つ自分には、安息の日など訪れぬであろう。

それでも、〝鶴屋〟に出入りしている間だけは、人の温もりを覚えられるようになった。

「また、よろしくお頼み申します」

お竜は、さっそく新たな仕立を頼まれると店を出た。

「お竜殿、来ていたのか」

そこでまた、井出勝之助に声をかけられた。

どこか人を食ったような顔は、見る度にお竜に対して親しみを増している。

「また見つかってしまいました」

お竜の顔が思わず綻んだ。

「ははは、そうつれないことを言わんといてえな」

初めてお竜が親しみの目を返してきたので、勝之助は嬉しそうにおどけてみせた。

「天罰というのは、やはりほんまにあるのやなあ」

「また誰かに下りましたか……」

「いかにも。この前、おれが気に入らんと言うていた、勘六の女房のおふみが、槌太郎という勘六の乾分と密通しているところを襲われて、あの世行きや」

「左様でございましたか。やはり天罰は下るものなのですねえ」

話をすかすのにも慣れてきた。

勝之助は、二人が殺されたことを喜び、天誅を下した者を心底称えているのだ。

自分の仕業だと思っているのかいないのか。

そんなことはもうどうでもよかった。

「ですが旦那、悪い人とはいえ、人が殺されたのを、そんな風に喜んでいいのでしょうかねえ」

「ええも悪いもあるかいな。あいつらが殺されて、助かる女がいるのや。こんなめでたいことはない。それになあ……」

「何です？」

「あんまり悪さをするなら、おれが成敗してやろうと思っていたが、女を殺すのは気が引けるよってになあ……。殺してくれた者に手を合わせたい想いや」

勝之助は、お竜に手を合わせてみせると、

「おれも負けてられへん、女を泣かす奴らをこの手で叩っ斬ったるわい。お竜殿、その時は一緒にどうじゃ」

真顔で言った。

「一緒に？　ほほほ、仕立屋の女のあたしに何ができるというのですよう」

「あかんか……」

勝之助は、たちまち元のとぼけた顔となって、にこりと頰笑んだ。

「そんなら、ごめんくださいまし……」

お竜は小腰を折ると、勝之助と別れて歩き出した。

お竜の張り詰めた心が、また少し和んだ。
すると頭上から、
「お竜さん、用はすみましたかな」
という、聞き覚えのある声がした。
見上げると、そこは〝わか乃〟というそば屋の二階座敷。
窓から隠居の文左衛門が顔を覗かせていた。
「お竜さん、ちょいとお付合いくださいな」
この隠居も井出勝之助と同じで謎だらけだ。
しかし、考えてみれば、
――あたしはまるで世間を知らなかったんだ。
今は、敵か味方か、それがわかればよい。
お竜はそう思いながら、文左衛門を見上げてにこやかに頷いた。

三、仲間

(一)

その墓所は、四谷の一隅にあった。

町屋と武家屋敷と寺院が入り組んだところで、坂の上の僅かな土地に墓標を並べていた。

朝から照りつける陽光は、春の暖かさから、夏の暑さに変わろうとしていた。

——何年ぶりだろうか。

お竜《りゅう》は女笠の下から、ひとつの墓標を見つめていた。

——堪忍しておくれよ、おっ母さん。

それは、亡母・おさわの墓であった。

粗末な木製の墓標であったが、それほど荒れていないのが救いである。

父・由五郎《よしごろう》の無法に堪えかねたおさわは、まだ幼い娘を連れて、四谷の麹町に逃げてきた。

ここで針子をしながら、ひっそりと暮らし、お竜を育ててくれたのだが、十年も経たずに病に倒れ、帰らぬ人となった。

その頃のお竜は、おしんというまだ頼りなげな娘で、やっとの想いで、この墓を建てたのだ。

消えかけた戒名が思い出をも消し去りそうで、哀しく目に映る。

病がちな母を、少しでも好い医者に診せてやりたい。好い薬があれば、それを飲ませてやりたい。

そう思う一心で、僅かばかりの金を借りたのが祟り、おしんはとんでもない男と一緒になり、無理矢理とはいえ、悪事に加担してしまう。

そして母・おさわ同様に、酷い亭主から逃げ出そうとしたが、その乾分《こぶん》に見つかり、その奴を殺《あや》めてしまった。

お竜となって、新たな人生を始めたとはいえ、この辺りには容易に近寄れなかった。

心と体は変わっても、お竜の顔形は、おしんのままであるからだ。

しかし、仕立屋のお竜として、身許も定まった。あらゆる苦難から逃れる術《すべ》も身に付いた今、まず墓所を訪ねて、手を合わせておきたかった。

そのうち、上手く立廻って、自分が出張らずとも墓の守りが出来るようにしよう。

日々思案を重ねてのことであった。

悪人共を退治する時は、どこまでも冷徹であるお竜だが、墓参りをいつするか考える一時は、人らしい心地になれたのである。

辺りに人気《ひとけ》がないのを確かめて、お竜は墓所に寄って素早く笠を脱ぐと、

「おっ母さん、あたしはこうして生きていますよ。今はそれだけを喜んでおくれ……」

低い声で語りかけ手を合わせてから、墓標の周りの雑草をむしった。

その中に、枯れた花が交じっている。

それは明らかに、何者かがおさわの墓に訪れ、花を手向《たむ》けてくれた跡であった。

――誰が参ってくれたのだい？

ここではひっそりと暮らしていた。

もちろん、近所の住人とは如才なく付合いをしていたが、おさわが死んでから五年になり、おしんが悪党の亭主・林助《りんすけ》について家を出てから四年以上になる。暮らしていた長屋から、この墓所はほど近いとはいえ、おさわの墓の場所など、忘れ去られて当然であろう。

親類縁者がいるわけでもないのだ。

それでも、この町で顔見知りになった誰かが、この墓所へ来た折に、哀れなおさわを思って、花を供えてくれたのであろうか。

そう思うと、お竜はほのぼのとして、

——おっ母さん、よかったねえ。ありがたいねえ。

心の内で母に語りかけると、持参した控え目な花束を供え、線香をあげて、もう一度手を合わせて冥福を祈った。

しかし、それを邪魔するかのように、人影が近付いてきた。

人気の少ない頃を見はからってきたつもりであったが、同じようにそうっと参るのが好きな者もいるのであろう。

——おっ母さん、これからはちょくちょくと来るからね。

お竜はすぐに笠を被って、いそいそと墓所を出た。

その際に件《くだん》の人影とすれ違ったのだが、相手の顔に見覚えがあった。

──今のは卯之《うの》さんだ。

麹町の、かつて住んでいた長屋の住人に、卯之助《うのすけ》という、お竜より三つほど年上の子供がいた。

細面で色が白く、やさしい顔をしていたが、その面影がすれ違った男の顔に、色濃く残っていた。

お竜は会釈もせずに、ただの通りすがりを装って立ち去った。

卯之助が、お竜の姿におしんを思い出したのかどうかはわからないが、彼は一瞬立ち止まって、お竜の姿を目で追った。

幼い頃は、

「おしんちゃん」

「卯之さん」

と、呼び合ったものだ。

「あら、卯之さんじゃあないか。久しぶりですねえ……」

そんな言葉も交わせないのは切ないが、おしんはこの世から消えていなければならないのだ。

背中に覚えた卯之助の視線はすぐに消えた。

卯之助にとって、おしんはもう記憶のひとかけらでしかないのであろう。

まさか今日、墓所ですれ違うなど、思ってもいないはずだ。

だが、子供の頃は他人にやさしかった卯之助である。

母・おさわの墓に手向けられていた花の跡は、卯之助の手によるものかもしれない。

そんな想いがした。

——ふッ。それがどうしたというのだ。

たとえそうであっても、礼の言葉さえ言えない身上なのだ。

お竜は振り返ることなく寺町の小路を進んだ。

そんな感傷に浸っている場合ではなかった。

——誰かにつけられている。

墓所を出るあたりから、その気配を覚えていたのだ。

思えば三十間堀三丁目の〝八百蔵《やおぞう》長屋〟を出てほどなくしてから、何者かに見られていたような気がする。

しかしその気配は、覚えたかと思えばすぐに消え、いつしか気にならなくなっていたのである。

辺りにはまるで人気はない。

寂しい小路はまだ先が続いていた。

お竜は思い切って、寺と寺との間にある雑木林へと足早に身を入れた。

相手が何人もいるとは思えなかったが、もしも囲まれた時は、林がお竜の身を守ってくれよう。

木々の間をすり抜けて戦う方が、寺の小路よりも敵を翻弄出来る――。

お竜は、雑木林に入るや駆けた。

落ち葉の上を走れば、自分の居処を知らせることになるが、自分を付け狙う相手の有無も知り易い。

果して、雑木林の中に、自分以外の足音がかすかに響いた。

そして、木々の間から躍り出た覆面の武士がいきなり斬りつけてきた。

(二)

この日、お竜は竹杖《たけづえ》を手にしていた。

彼女は雑木林を縦横無尽に駆けることで、覆面の武士の一刀を、見事にかわし、木々の間から、相手の足許に竹杖を突き入れた。

覆面もさるものである。跳躍してお竜の攻めをかわして、袈裟《けさ》に斬る。

お竜はさっと後ろにとび下がり、再び駆ける。

武士はこれを追うが、木々が邪魔となって刀を思うように振れない。

それへ、お竜は杖を投げつけ、武士が刀の峰で払いのけた間に、帯に隠し持った小刀を二本、両手に持って身構えた。

その刹那、八双に構えた武士が覆面の中で、笑ったように見えた。

「いったい、どういうつもりなんです？　井出《いで》先生……」

お竜は睨みつけながら、うんざりした声で言った。

「やっぱり気付かれたか……。相変わらず大した腕やなあ……」

武士は納刀して、覆面を脱いだ。

たちまち、井出勝之助《かつのすけ》のとぼけた顔が現れた。

「いや、堪忍してくれ。そろそろあんたと、本音で話をしたいと、ご隠居が言うもんやさかいなあ」

「ご隠居?」

「ああ、文左衛門《ぶんざえもん》のご隠居や」

「何のことだか、さっぱりわかりませんねえ」

「あんたの腕を確かめて、これはいけると思たら、おれとあんたに頼みたいことがあるので連れてきてくれて言うのや」

「ご隠居は、あたしが武芸を使うと、見破っていたのですか?」

「北条佐兵衛《ほうじようさへえ》という たら、知る人ぞ知る武芸者や。その先生の許にいたとなれば、ただの仕立屋ではないと、前から思うていたのやろなあ」

「それで、確かめてみてどうでした? お目がねにかないましたかねえ」

「かなうもかなわんもないがな。あの夜、あんたは女衒《ぜげん》の勘六《かんろく》を一突きに仕留めたのや、端《はな》から腕は認めていたよ。そやけどあの日、あんたは今のおれみたいに、覆面を取ってはくれへんかったやろ」

「それで、念のために確かめておこうと……」

お竜は溜息をついた。

井出勝之助は、自分の腕を認めたと言うが、覆面をしていたとはいえ、殺しの場を人に見られたのだ。これが、どれほどの腕と言えるであろうか。

「まあ、とにかく、おれと一緒にご隠居の家に付合うてくれるか」

「さて、どうしたものでしょうねえ」

お竜は未だに、小刀を両手にして構えを崩していなかった。

「何か嫌なことでも？」

「大ありでしょうよ。あたしは、お前さまに殺しの場を見られたんですよ。知らぬふりを決めこんでくれていたらよいものを、ここで名乗りをあげたからには、死んでもらわないといけない」

「物騒なことを言いな。ええか、おれの見たところでは、ご隠居はあんたが〝鶴屋〟出入りの仕立屋となった時から、あんたのことをそっと見守っていたようやで」

「見守っていた……」

「仕立屋の傍らで、何かを始めるのやないかと」

「それを知ってどうするというのです？」

「決まってるがな。あんたは一人で暮らしているのや。何かの折には力になろうと思てのことや」

「なるほど……」

北条佐兵衛は、旅に出るにあたって、お竜のことを文左衛門に託したというのであろうか。

「そんなら、井出先生があたしの殺しを見たというのは……」

「ご隠居から、あんたの動きをそっと見守るようにと頼まれていたからや」

「左様で……。あたしはてっきり、先生も勘六を狙っていて、鉢合せをしたのかと思っていました」

「もしもあんたがしくじっていたら、おれが勘六を殺していたが、きっかけはそうではなかった……」

勝之助は、お竜を見守るうちに、勘六の非道ぶりに悲憤を覚えたが、あの夜は、お竜がいかに勘六を仕留めるかを見ていたという。

「そんなら、あたしの腕などたかがしれているということだ」

お竜は落胆した。

勘六を殺すまでの動向を、勝之助に見られていたとは、何たる不覚であっただろう――。

「気を落すことはないがな。言うておくが、おれはその辺りの御用聞きなど比べもんにならんくらい、影働きのできる男やねんで。初めからあんたを見張るように言われていたのやから、相当に念を入れた。気付けへんかったのも無理はないがな」

勝之助はお竜を宥めるように言った。

「ご隠居が、旅先で知り合うたおれを〝鶴屋〟へ入れたのは、おれくらいの者でないと、仕立屋お竜を見張ることなどできまいと、考えたからやろう」

「そいつは畏れ入ります……」

お竜は、構えていた小刀を、ゆっくりと二本ともに、帯の間にしまった。

武芸の師にして命の恩人である北条佐兵衛の、自分への想いがわかって、やっと気持ちが落ち着いた。

〝鶴屋《つるや》〟の主・孫兵衛《まごべえ》は、お竜がおふみ、槌太郎《つちたろう》を仕留めた後、

「お竜さん、わたしも言葉足らずでしたよ」

と、頭を掻きながら、

「わたしは北条先生からお話を聞いて、あなたがかつておしんという名であったという事情を知っております。あなたの父親捜しのお手伝いをした折、この話はすべきでしたね。わたしの他にこれを知っているのは、ご隠居と井出先生だけです。このお二人は、いずれも頼りになるお方ですから、何も気にすることはあり

ますまい。わたしは北条先生から〝あくまでも仕立屋のお竜として面倒を見てやってもらいたい。その他のことは、文左衛門殿に任せてあるゆえ〟と言われておりますので、この鶴屋孫兵衛とは、呉服屋と仕立屋として、この後も長いお付合いをお願いいたしますよ」

と、改まった物言いをした。

お竜はそれを聞いて、随分と気持ちが楽になったものだ。

そのことと合わせて考えると、北条佐兵衛は、表向きのことを孫兵衛に、裏のことを文左衛門に託したのである。

彼の〝言葉足らず〟は、曖昧なところを残しておいて、そこをお竜自身が埋めていくようにと考えてのことなのであろう。

「ご隠居は、あたしの腕が拙《つたな》かったら、どうするつもりだったのです？」

「はっきりとは聞いてないが、お互いの身を考えて、北条先生の許へ、あんたの身を返すつもりではなかったのかなあ」

「ふふふ、お互いの身のためにねえ……」

お竜は、にこやかに頷いた。

しくじりは災いとなって自分に降りかかってくる――。

北条佐兵衛の戒めであった。

仕立屋の他にしたいことがあるなら見守ってもやるが、足手まといはごめんだ。

その考え方は、確かに正しい。

今までは、お手並拝見と、お竜の何を知っているかも告げず接してきた。

やがて別れ行くことになるのなら、互いに知らぬふりをしたままでよいからだ。

「さて、話を聞いた上は、ご隠居の許へ連れていってくださいまし」

お竜は、さばさばとした表情を浮かべて勝之助を、真っ直ぐに見た。

「これはありがたい……」

勝之助は、とろけるような笑みを満面に浮かべた。

「あんたは最前〝あたしの腕などたかがしれている……〟などと言うて嘆いていたが、あんたはおれに比べたら、まともなもんやで」

「というと?」

「そっと腕のほどを確かめるつもりが、あんたの術《わざ》があまりにも凄いよってに、のこのこと出ていって声をかけてしもた」

「あれは、馬鹿でしたねえ」

「ああ、あほや……」

「ひとつだけ言いたいことが……」

「何やろ？」

「あたしの腕を試すのなら、遠慮はいりませんから、本身でお願いしますよ」

「ははは、見破られていたか」

勝之助は、苦笑いで、刀を抜いて、自分の首に当てた。

彼がお竜を襲った刀は、刃引きの一振りであった。

「おれは女を斬らぬと心に決めているのや」

「さんざっぱらくさしていた、勘六の女房も？」

「ああ、斬らぬというたら斬らぬ」

「そんなら、あたしを労ってもらわないといけませんねえ」

「ああ、そやから先だって言うたやろ。殺してくれた者に手を合わせたい想いや、となし」

「そうでしたねえ……」

もう隠さずともよい気楽さが、お竜の口許を綻ばせた。

「言うておくが、今あんたに斬りかかったのも本意やない。とにかく参るとしよう。ご隠居は、おれとあんたを動かして、何かを企んでいるような……。それが何か、まだおれも知らぬのや。楽しみやな」

勝之助は、すたすたと歩き出した。

このとぼけた浪人も、それなりの緊張をお竜に対して抱いていたのであろう。

(三)

井出勝之助が、お竜を連れていったのは、〃鶴屋〃の裏手にある文左衛門の隠宅ではなかった。

そこは、赤坂田町一丁目の書画骨董屋で、二階が文左衛門の部屋となっている。

お竜の母・おさわの墓があるところからはほど近く、窓の外には赤坂御門から虎ノ門に至るひょうたん形の池である〃溜池〃の風景が広がっている。

日頃は、素朴な形《なり》で物好きな隠居ぶりを見せている文左衛門であるが、その実は相当な分限者《ぶげんしゃ》で、江戸の方々に隠れ家を持って、使い分けているらしい。

訪ねた時、文左衛門は店先で骨董を眺めながら店主と談笑をしていた。

井出勝之助とお竜とで、何かを企むような風情はまったく感じさせなかった。

そして、二人の姿を見ると、

「これはご両人。ご足労をかけましたな」

にこやかに迎え入れて、自ら二階へと案内したものだ。

既に信頼を置いている文左衛門とはいえ、初めての場所で会うとなれば、本人の姿を認めるまでは、お竜もそれなりに身構えるであろうと考えたようだ。

文左衛門は、二階の一間で三人になると、

「この近くに、うまい鯉を食わせてくれる店がありましてな。後でそこで一杯お付合いを願いとうございますが、その前に、お二人に頼みたいことがあります」

と、いささか威儀を正して二人を見た。

その顔は、大商人の威厳に満ち溢れていて、お竜は気圧《けお》された。

以前から思っていたが、北条佐兵衛が総身から放つ気迫とは、まったく種類が違う霊力に似た厳かさがあるのだ。

「まず話を聞かせていただきましょう」

勝之助もまた威儀を正し、その隣りでお竜も神妙に頷いた。

「もしも、聞き容れられぬ話であったとしても、この井出勝之助、一切他言はいたさぬゆえ、御安心めされよ」

勝之助は、ここぞという時に武士らしき威厳を放つ。

お竜には、そのような精神のより処がないが、一度は人生を捨て去り、生まれ変わった者の妖しげな不敵さが、彼女の体を大きく見せていた。

そして、ひとつ頷くだけで、勝之助への同意を文左衛門に伝えていた。

文左衛門はにこりと笑って、

「井出先生のことは、先生御本人から。お竜さんのことは北条先生から、これまでどのように生きてきたか一通り聞かせていただきました。とはいえ、わたしのことはまだ詳しくは話しておりませんでした。いささかまどろこしい話になりますが、そこから話させていただきましょう」

まず己が出自から話し始めた。

「元禄の御世に、お上の御用を務めて、巨万の富を得た紀伊國屋文左衛門という商人がおりました。わたしはその五代目にあたります……」

紀伊國屋文左衛門は、元禄時代の権力者であった、老中格・柳沢吉保と手を結び、幕府の御用商人として巨利を占めた。

そもそもは紀州の人で、みかんを江戸に廻漕し、その船で塩鮭を上方にもたらして財を成し、やがて江戸へ出て大商人になったとされている。

上野寛永寺の普請に絡み五十万両を得たとか、吉原を借り切って豪遊したとか、数々の伝説を今に残すが、柳沢吉保が、五代将軍・綱吉の死によって隠居すると、紀伊國屋も勢いを失った。

正徳の頃には深川の材木問屋をたたみ、隠棲をしたと伝えられている。

しかし、その一族はひっそりと暮らしたものの、莫大な金品は文左衛門によって遺されていた。

暴利を貪ったとされる文左衛門の遺産は狙われやすい。これを守るには、目立たぬように方々に散らし、地所を購入したり、投資にあてたりして、親類縁者が陰で繋がる仕組を構築したのである。

代々の文左衛門は、もう一度〝紀伊國屋〟を堂々と開店して、初代の威勢を取り戻したいと思ったが、かつて権力者と結びついて巨利を得たという風聞は、百年近くたった今でも芳しくない。

誰もが、陰の分限者でいることに止まり、時を経たのである。

「わたしは、そういう暮らしがおもしろくなくて、若い頃は町へ出て暴れ回ったものでした……」

話を聞くと、勝之助は羨ましがった。

「わたしなら、その運命をありがたく受け止めましたやろなあ」

勝之助も町へ出ては暴れ回っていたが、

「銭のある者は、あほな連中と交わることもないし、もっと楽しい遊びができたはずでござった」

と言うのだ。

隠居はひとつ頷いて、

「人というものは、ひねくれておりましてねえ。遊里へ出て女にもてたとしても、それはみな、金の力ゆえと、何やら空しくなるのですよ」

「なるほど、真の恋は銭金抜きじゃと」

「はい……」

文左衛門は板橋の遊里に、金のない若い衆のふりをして通い、一人の女郎と恋に落ちた。

女は、金のない文左衛門に遊女の操を立ててくれた。

女は貧しい百姓の出で、親兄弟を救うために売られてきたと言った。

何としてもこの女と添いとげたい――。

彼女の純情と、哀れな身上が合わさって、文左衛門は、想いを募らせていった。

家に帰れば金はなんとでもなる。

自分の境遇を正直に告げて、女を身請けしてやればよかろうと思った。

しかし、宿場女郎を妻にしようとすれば、親や縁者から、

「とんでもないことだ！」

と叱られ、反対されるのは目に見えている。

それに、女は金のない文左衛門に惚れてくれたのに、身分を偽っていたと知れば、

――金持ちの息子の道楽に付合わされた。

と、落胆するかもしれない。

「かくなる上は、この恋を貫いて、家も捨てて、女と逃げてやろう、そう思ったのでございますよ」

「足抜けを……」

勝之助は目を丸くした。

京都の遊里で暴れ回った勝之助も、さすがにそれだけはしなかった。

「それはまた、えらいことをなさりましたなあ……」

「まったく馬鹿でした。だが、若い頃の一途な想いは、理屈で抑えられぬものです」

確かにその通りである。

足抜けをしてこそ恋を成し遂げられるなど、今だから馬鹿だと言えるが、その時はただ一緒になりたい想いで凝り固まっていたのだ。

お竜は黙って聞いていたが、

――そのような恋ができたのは幸せだ。

と、素直に思った。

あらゆる生き地獄を経験してきたが、思えば苦界に沈んだことはなかった。

だが、いっそ女郎にさせられた方が、命をかけた恋を味わえたのかもしれない。

比べようもない境遇に、幸せの本質を考える――。

つくづく自分のこれまでの人生が、哀れに思えてきた。

「ご隠居のそんな話を、今ここで聞けるとは思いもよりませなんだ……」

勝之助は、神妙な面持ちで話の続きを聞いた。

「ある夏の夜のことでした。わたしはその女に男の恰好をさせて、裏の木戸から出て二人で逃げました……」

若い頃というのは恐ろしいもので、熱く燃えあがった二人は、どこまでも逃げ通せると信じていた。

しかし、廓《くるわ》はそんなに甘いところではなかった。

一気に江戸を離れるつもりが、街道に出るまでもなく、男衆に捕えられてしまったのである。

二人はあっという間に引き離されて、妓楼の物置と布団部屋にそれぞれ放り込まれて、容赦のない折檻を受けた。

「このまま死んでしまうのだろうかと思いましたが、わたしの家の者が駆けつけて、すぐに話をつけてくれて、わたしは助け出されました」

板橋の女郎に現《うつつ》を抜かしているのを、家の者達はとっくに突き止めていて、以前から見張られていたのだ。

「とどのつまりは金でした。わたしを散々に殴りつけた連中も、目の前に金を積まれると、〝若旦那も人が悪いや。端からそうと言ってくれたら、もっとおもしれえ趣向を凝らしましたのに〟などと、たちまち揉手をしたものでしたよ」

文左衛門が企てた足抜けも、金が出れば遊びの趣向になってしまうのだ。

「で、その敵娼《あいかた》は……」

勝之助が渋い表情で問うた。

「受けた折檻がたたって、死んでしまいました」

文左衛門はその時、妓楼に火を付けて、男衆を皆殺しにしてやりたい衝動にかられたという。

貧しい境遇に育ち、身を売ったとてその金が自分に入るわけでもなし、不自由な暮らしを強いられ、夢を見たら殺される——。

同じ人に生まれてきて、どうしてそのような酷い目に遭う女がいるのであろう。

文左衛門は、世の中の理不尽を噛みしめたのであった。

しかし、世の中にはよくも悪くも法があって、それを破れば罰せられる。

恋を貫くなどと甘口を言って、惚れた女を死なせてしまった。

己が未熟を思い知り、恋人を失った無念は文左衛門の胸に、生涯消えぬ深い傷を残した。

そこから立ち直らんとして、やがて文左衛門は深川に〝熊野屋〟という名で、初代以来の材木店を開いた。

まっとうな商いをして、さらなる財を築き、それを貧しい者達のために使う。

そう心に決めて商いに精を出した。

しかし、紀伊國屋文左衛門の末裔と知る者は、

「昔、悪どい商いをして貯め込んだ金を持ち出して、お大尽気取りかい」

などと陰口を利いた。

そんなものは放っておけばよいのだが、〃紀文〃の幻影を引きずって生きていくことに疲れてしまった。

かつて死なせてしまった敵娼は、お花《はな》という女であった。

お花を思うと妻《めと》を娶る気にもなれず、店には親類から養子を迎え、跡を継がせると早くから隠居暮らしを始めた。

独り身を通すなら、金品を遺してやる子供もない。

親類縁者は、それぞれ食うに困らぬ暮らしを送っている。

それならば、自分はあり余る金を、困っている者のために使ってやろうと、縁者の一人である鶴屋孫兵衛だけには己が本意を伝え、ここを拠り所として市井《しせい》に馴染んだ。

時には旅に出て、先々でそっと哀れな女を助けたりもした。

方々に〃お花〃がいた。

咲くこともなく、つぼみのままで散っていった、彼女と同じ境遇の女は世に溢れている。

そして、ただ苦界から助け出したところで、彼女達が幸せになるとは限らないと知った。

「大事なのは、どのような人と出会うかですねえ……」

文左衛門の言葉は、お竜の胸に沁みた。

たとえ身を売らねばならなくなったとしても、妓楼の主が遊女を己が娘のように大事にしてやれば、いつか年季も明けて、幸せになれる道筋も出来よう。

しかし、金を絞ることしか頭になく、遊女を家畜のように扱う者の下に身を寄せれば、遊女達にはお花のような末路が待っている。

妓楼の主だけではない。

お竜のように、鬼のような父、毒蛇のような亭主によって、痛めつけられる女は跡を絶たないのである。

そして、女が酷い目に遭うと、その子供も辛い目を見ることが多いのである。

「弱り目に祟り目……。弱い女ほど、酷い男と巡り合う。多少のお金があったとしても、世間の流れは変えられない。それでも、わたしにも何かできることがあるだろう……。そんな風に思い悩んでいる時に出会ったのが、北条佐兵衛先生でした」

(四)

文左衛門が北条佐兵衛と出会ったのは、浅茅ヶ原であった。

橋場の渡しで、浅茅ヶ原の妙亀堂近くで斬り合いがあったようだと、人が話すのを聞いたので、恐いもの見たさで出かけてみると、傷つき座り込んでいた佐兵衛を見つけたのだ。

辺りは既に日が陰っていて、不気味なこの野原には誰もいなかった。

事情を訊くと、妙亀堂の裏手で、武芸者に望まれ野仕合をして、相手を木太刀で打ち据え勝利したのだが、この武芸者は腕の骨を砕かれ右手がまともに使えぬ怪我をした。

遺恨はなしにしようと誓い合ったが、弟子達は黙っていられず、別れた後、浅茅ヶ原で佐兵衛を待ち伏せ、不意討ちに襲ったのだという。

相手は六人。

四人を斬り、二人は逃げた。

しかし、自分も傷を負い、渡し場へ向かったが、歩けなくなり座り込んでしまったのだと言った。

その話は、お竜も佐兵衛から聞いて知っていた。

この時、自分を通りすがりの人が助けてくれた。そのような人の情けを受けた身であるから、人でなしの亭主・林助から逃げ傷つき力尽きたお竜を見つけた時、

「これは何としても助けねばなるまい」

そう思ったと師は語った。

「では、ご隠居が北条先生を……」

お竜は思わず声をあげた。

「はい、左様で……」

文左衛門はいつも、安三《やすぞう》という屈強の奉公人を供に連れている。

この男を走らせて、近くの百姓家から荷車を借りてこさせ、その家に運び込んだのだ。

二日もすると、佐兵衛はすっかりと元気を取り戻し、文左衛門に礼を言い、先頃廻国修行から江戸に帰ってきた由を告げた。

文左衛門は、武芸一筋に生き、それでいて人の情けを知る佐兵衛をすっかりと気に入ってしまった。

このような男が、立派な人を育てていくのではなかろうか。

文左衛門は、近くに今は空き家になっている百姓家があったことを思い出し、そこを佐兵衛に、

「思うがままにお使いください」

と提供した。

そこが、北条佐兵衛の武芸場になればよいと考えたのだ。

佐兵衛はこれを喜んだが、

「某《それがし》はまだ、己が道場を持って、そこで弟子をとるつもりはござらぬ。今は時に何《いず》れかの稽古場に出稽古をして、何とか方便《たっき》を立てようかと……。それゆえ、大した家賃も払えぬが、それでよろしいかな」

と、気にかけた。

方便のために、時として出教授はするが、弟子は特にとらずに、今はまだひたすら己が武芸を磨きたいというのだ。

文左衛門には、そういう考え方も、いたく清々しく映った。

飾らぬ隠居とはいえ、文左衛門がそれなりの分限者であることはわかっているはずである。

一介の浪人の身で武芸者として生きるには、大名、旗本の庇護がないと苦しいであろうに、文左衛門との仲を深め、援助に与ろうという下心のかけらも見せない。

文左衛門は、この武士に何か世話をしたくて堪らなくなってきたが、下手なお節介は、かえって佐兵衛の名誉を傷つけることになるであろう。

それで文左衛門は、

「家賃など無用にございます。空き家となっていたところに、先生のような立派なお方が住んでくだされば、今まで持っていた甲斐もあったというものです」

と言った上で、

「だがそれでは気がすまぬと仰せならば、月に一度はこの隠居の酒にお付合いをいただき、先生が見聞きなされた、珍しいお話をお聞かせくださいまし」

そのように願い出たのであった。

お竜は感じ入った。

三年の間、修行の場となり、今も尚師匠の留守を預かるあの百姓家は、文左衛門の持ちものであったのだ。

そして、道場を開き、弟子をとるつもりはないと文左衛門に言っていた北条佐兵衛は、ただ一人だけ、お竜を内弟子としてくれたのであった。

佐兵衛が時に外出をした行く先のひとつが、文左衛門との会食にあったというのも、今こうして聞くと合点がいった。

「なるほど。その珍しい話の中に出てきたのが、仕立屋のお竜さんというわけでござるな？」

勝之助が、嬉しそうな表情を浮かべて言った。

「はい……」

川辺に血まみれになって倒れていた女を助け連れ帰った。様子を見れば哀れで、傷が癒えるまで置いてやろうと思うのだがいかがなものか——。

佐兵衛に問われて、文左衛門は、お竜に興をそそられた。

心の内に、殴られ蹴られ、引き離されていったお花の姿が思い出されたからだ。

「腹を刺されていたとは、余ほどの事情があるのでしょう。先生の許にいれば安心ですから、怪しい女でなければ、下働きでもさせてみてはどうでしょう」

文左衛門はそのように勧めた。

佐兵衛が見たところ、おしんという女は、根っからの悪人ではなく、男に騙されて酷い目に遭い死にかけているようだった。

そういう女ならば、北条佐兵衛のような、自らに厳しい修練を課す求道者の傍にいれば、それだけで心の傷も癒され、立ち直ることも出来ようと、文左衛門は思ったのだ。

「そういうものであろうかのう」

佐兵衛は、素直に文左衛門の言葉に従い、お竜と名を変えさせた女を、浪宅の女中としておくことにした。

すると、その次に文左衛門が佐兵衛に会った時、

「おしんは、お竜に生まれ変わって、日々武芸を身につけてござる。これがまた、驚くべき上達の早さでござってな……」

試しに教えてみたら、天賦の才が開花したようだと、佐兵衛はいささか興奮気味に話したものだ。

そして、お竜が武芸を極めて、再び市井に戻った時、

「弱い女を苛める奴らを、その腕で退治してやりたいと申しておる」

その想いが、お竜の武芸を成長させていると、おもしろそうに語ったという。

己を律し、ひたすら武芸の修練を積んできた佐兵衛は、道場を開き弟子をとる暮らしは、まだ望まぬが、お竜を鍛えることに喜びを見出していた。

「生きていると、色々なことに出合うものでござるな。あの者によって、人を教

えるおもしろさを、初めて知ってござる」

物静かで、家主への義理を果さんとして、今まで自分が見聞きしたことを、日頃は淡々と語る佐兵衛も、お竜の話になると会う度に能弁になった。

文左衛門は、お竜に会ってみたい衝動にかられたが、そのような修練の場に、自分のような者が足を踏み入れるのは憚られた。

ただ、月に一度、お竜の成長ぶりを、佐兵衛に聞くだけに止めた。

「そして、そのうちに、わたしはあることを企むようになったのですよ」

文左衛門は、お竜を見つめて言った。

「いつかあなたが武芸を極め、町へ出て、弱い女を食いものにする悪人を退治する日がくるなら、わたしの許で預かりたいと……」

「それでまずはお手並拝見と、井出先生に見届けさせたのですね？」

「はい。北条先生が鍛えあげたあなたの腕を疑うつもりはありませんでしたが、これは遊びではない。念を入れた方が、あなたのためだと思いましてね」

「あたしはこれから先も、悪い奴らを見つけて息の根を止めてやるつもりです。どうかお気遣いはご無用に……」

お竜は、もはや迷うことなく応えた。

「ただ、北条先生の誉《ほまれ》を汚さず、ご隠居や〝鶴屋〟さんのご迷惑にならないようにいたします。しくじった時は、いつでも死ぬ覚悟ができておりますので、このまま見て見ぬふりをしてくださいまし」

北条佐兵衛と別れて三月の間は、自分のこれからの生き方を模索し、悪人退治に身を入れてきたが、こうして秘密を共有し、認めてくれる者がいれば、この先は迷いなく生きていける。

お竜は、深々と文左衛門に頭を下げた。

話を聞けば、自分が武芸を身につけ、再び生を得たのは、すべて文左衛門のお蔭であると言える。

文左衛門はニヤリと笑って、

「見て見ぬふり……。その段はもう終りましたよ。悪人退治はわたしも望むところです。むしろそれを手伝ってもらいたい。今はその話をしたくて、井出先生と共にここへ来てもらったのですよ」

勝之助は身をのり出して、

「わたしにも手伝えと言うのですね？」

「よろしければ、お竜さんと二人で、〝地獄への案内人〟を務めていただきたいのです」

「地獄への案内人……」

お竜と勝之助は、思わず同時にその言葉を口にした。

「この世には、罰も受けずにのうのうと暮らしている者共が多過ぎる。そ奴らが生きていることで弱い者が何人も死なねばならない。そんな理不尽をなくすためには、極悪人を地獄へ案内してやる稼業を拵えねばなりますまい」

たとえば、お竜が許せぬ悪人を見つけたとして、そ奴を付け狙い、悪事を確かめた上で闇に葬るまでには、暇と金と危険がそれなりに伴う。

「しかし、仕組みをしっかりとすれば、お二人には、案内役に打ち込んでいただけましょう。そして、これは仕事だと思っていただきたい」

「仕事……」

「案内人という仕事でござるかな」

「左様で。こいつは許せぬ、憎い、何という奴だ……。そんな想いを毎度募らせれば、心が疲れてしまいますからねえ。案内してさしあげる相手は、わたしが見つけましょう。もちろん、心当りがあれば教えてくだされば好い。その上で案内するに足る相手かどうか疑わしい時は、我らで取り調べてから、改めて地獄へ連れていく。案内人のお二人には、わたしから案内料を出しましょう。いかがですかな？」

文左衛門は、眼光鋭く二人を見た。

「お受けいたそう」

勝之助は姿勢を改め、しっかりと頷いてみせた。

お竜にも異存はなかった。

金で雇われて人を殺すことには、いささか気が引けるものがあるが、連れていくところは地獄である。それなりに案内するにも路銀がかかろう。案内料とは言い得て妙ではなかろうか。

正直なところ、勘六一味を屠《ほふ》ったが、悪人退治の難しさや後味の悪さは、お竜の胸の内に今もひっかかっていた。

それと共に、今度の殺しにおいて、世には許せぬ悪党が方々にいて、蠢《うごめ》いているものだと、改めて思い知らされた。

「では、もう案内する相手は決まっているのですか」

お竜は是非もないと畏まり、文左衛門に問いかけた。

「はい、決まっております……」

文左衛門は、頼もしい案内人を得たと喜んで、それからしばしの間、地獄へ案内してやる相手について、二人に語った。

そして、

「これは、案内料です。軍資金がなければ戦はできません。遠慮なく受け取ってください……」

二人の前に、それぞれ二十五両の金を置いたのであった。

㈤

それから近くの料理屋で、鯉のあらい、鯉こくなどの美味い鯉料理で酒となった。

呉服店〝鶴屋〟の主とは碁敵で、物好きな隠居で通っている文左衛門である。

〝鶴屋〟出入りの仕立屋と、店の用心棒兼手習い師匠である浪人を誘って、馴染の店で一杯やったとて、まったく怪しむ者はいるまい。

文左衛門は、件の骨董屋の二階の一間とはうって変わって、能弁な通人ぶりをみせ、井出勝之助も、遊び好きの浪人の風情を崩さなかった。

まだまだ、裏と表の顔の使い分けが出来ぬお竜は、口数少ない仕立屋の顔を、どんな時でも続けるつもりであった。

陰気な女と言われても、その方が楽であった。

ここで文左衛門は、〝案内人〟のことには一切触れず、

「わたし達は、志をひとつにする同志ですからな。まずよろしくお願いしますよ」

と、ひたすら親睦に力を入れた。

「同志、大いに結構ですなあ」

勝之助はこれに賛同して、おだをあげ続けた。

まったく調子の好い男である。

しかし、お竜は二度やり合って、勝之助の恐るべき剣の冴えを体で知っている。

その時の迫力や凄みは、文左衛門に馬鹿話で付合う様子からは想像もつかない。

〝地獄への案内人〟などという裏の仕事を持つ者はこうでないといけないものか。

お竜はそんなことを考えながら、

――あたしにはとてもそんな真似はできない。

勝之助と違って、これまでの自分には、腹から笑えるような一時すらなかった

のだ。

こういう場でも、けらけらと笑えぬ自分がいた。

それでも、料理も酒も心おきなく味わえる喜びに、お竜はしばしの間、無心になることが出来た。

ほろ酔いで店を出て文左衛門と別れると、

「ぶらぶらと連れ立って帰ろか……」

勝之助は、お竜を促して歩き出した。

「今日からおれとあんたは、同志やさかいなあ」

いつもの上方訛りが出ると、何やらほっとした。

「先生……」

「二人でいる時は、先生はやめてくれ」

「何と呼べば？」

「そうやなあ、旦那というと〝鶴屋〟の旦那と一緒になってややこしい。〝勝さん〟がええなあ」

「そんなら勝さん……」

「何や」

「同志というのは何のことです？」

「そやから、志を同じにするわけやから、まあ、仲間というところやな」

「仲間……」

「ああ、友というよりも、もっと結びつきが深い。何しろ、共に命をかけるわけやさかいなあ」

「仲間、同志……。好いもんですねえ……」

「そういう、畏まった物言いはやめてくれ。地獄への案内人に、上も下もないのや」

「そんなものを持ったのは初めてかもしれませんよ」

「それは気の毒やな」

お竜は小さく笑った。

確かに自分は気の毒な女だ。心が落ち着くと、つくづくと思われる。

「ああ、これはすまなんだ。気の毒……、などという言葉を口に出してはいかんかったな……」

勝之助には、そういうやさしさがある。

「まあ、おれは仲間やからな。何か頼みたいことがあったら、いつでも言うてくれ」

「そいつはありがたいねえ」

お竜は、素直に喜んだ。

「頼みたいことか……」

「何かあるか？」

「ひとつだけ……」

「喧嘩の助っ人でもしてくれとか……？」

「そんなんじゃありませんよ。今日、おっ母さんのお墓を参って、ふと思ったんですよう。子供の頃住んでいた長屋の人達は、今どうしているのかってねえ」

「なるほど。それを調べてくれというのか？」

「あたしはもう、おしんではなくて、お竜ですからねえ」

「そうか。気にはなっても、近寄ることはできんわなあ」

「知ったところで、何になるのかわかりませんがねえ」

「そう拗《す》ねたことを言わんとき。おれかて時折、京の奴らは今頃どうしているか、気になるもんや。遠く離れていても思うのに、同じ江戸となると、そら気になるやろ。よっしゃ任せてくれ。そっと調べておまそう。長屋の処在を教えてくれ」

「麹町の〝伊兵衛店《いへえだな》〟ですが、そんなに急がなくて好いですよう。今はまずご隠居からの仕事を当らないといけませんからねえ」

「そうやな。そしたら、気が向いた時に訪ねてみよう」

「そんならあたしも、気になる人の名を思い出して、そのうちお伝えしましょう」

お竜は、さらりと応えて、この日はもう、その話をするのを止めた。

調べてもらいたい人の名が、卯之助であるのは思い出すまでもなくわかりきっていた。

しかし、同志だ、仲間だと言われて調子に乗り、いきなり幼馴染の名を出すのも、何やら面映ゆかった。

町へ出たら、ただ一人で悪い連中を退治てやろうと考えていたところ、思わぬ味方を得ることになり、張り詰めていた気が幾分ほぐれた。

それはありがたいことではあるが、既に殺《や》るか殺られるかの日々を送る身にとっては、油断となり命とりとなる。

お竜は一旦自分を戒めたのである。

(六)

目まぐるしくも、お竜の新たな暮らしが始まった墓参りの日から、三日が経った。

〝地獄への案内人〟の三人は、いつもと変わらぬ暮らしを送っていた。

隠居の文左衛門は、供の安三を連れて、方々へ遊山に出かけていたし、井出勝之助は、〝鶴屋〟の奉公人達に学問教授をしながら、店の用心棒を務めていた。

お竜もまた、〝鶴屋〟出入りの仕立屋として、裁縫の日々。

だが、この日は〝鶴屋〟に仕立物を納めると、江戸橋の船宿へと出かけた。

そしてここで舟に乗り、本所へと向かった。

姿はどこかの商家の後家風に変わっていて、川風をしのぐためか、面相を隠すためか、御高祖頭巾《おこそずきん》を被り、密やかな外出である。

舟は北十間川と横十間川が交叉するところにある柳島橋西詰めの船着き場につけられた。

そこは松並木に囲まれている、出合茶屋のものであった。

だ。

出合茶屋は、文字通り男女の密会に使われる茶屋である。

こういうところは、目立たず、ひっそりしていれば、それだけ重宝されるものだ。

この出合茶屋は、さらに佇《たたずま》いも風雅に富んでいて、部屋には立派な床の間があり、水墨画の掛軸がかかっている、なかなかに気の利いたところだ。

船着き場には屋根がかかっていて、舟が着くのは外から見えない。

駕籠で来る者は、吹抜門から入って、庭木に覆われた出入り口まで乗り入れられる。

どれをとっても非の打ちどころがない。

それゆえ、部屋の借り賃はなかなかに値が張る。

常連客の紹介がないと、入れてもくれない。というより、誰かに勧められないと、その存在すらわからないのだ。

お竜は女中に船着き場から部屋へと丁重に通された。

隠居の文左衛門が口を利いてくれたのだが、お竜も女中に心付けをはずんでいたので、至れり尽くせりである。

「お連れさまがお越しにございます」

やがて女中が襖越しに声をかけ、すぐに消えたかと思うと、井出勝之助の姿が現れた。

この日の勝之助は、羽織袴を着し、どこぞの大身の武士の微行《びこう》姿に映る。

勝之助は、お竜を見て、

「おやおや、ええ女がいてるがな……」

ニヤリと笑うと、部屋の中を見廻した。

「うん、なかなか気が利いているな。ここへは駕籠で乗りつけたんやが、いつの間にかすっと中へ入られるようになっているのやなあ」

「船着き場にも屋根がかかっていて、夜だと川の中に舟が消えてしまったような風情でしたよ」

「そうか、密会するにはこれほどのところはないなあ」

「今度は、仕事抜きで使ってみたらどうです？」

「へへへ、そういうおもしろいことも言うのやな」

「お蔭さまでね」

一見すると、訳ありの男女が忍んでいるように見える二人だが、もちろんこれは仕事のための扮装である。

この出合茶屋は〝やなぎ〟といって、金持ち、物持ちの好き者の間では、このところ密かな評判となっていた。

〝地獄への案内人〟の元締である隠居の文左衛門は、方々で通人、好き者の話を聞くのが仕事である。

すぐに〝やなぎ〟の評判を聞きつけたのだが、蔵前の札差の隠居から、黒い噂も聞きつけていた。

出合茶屋の奥の一隅に、〝座敷牢〟があるというのだ。

それは離れ座敷に続く、蔵造りの扉の向こうにあるらしい。

〝やなぎ〟があまりにもおもしろい出合茶屋なので、中を物珍しさにうろついた客が、覗き見て知れたのだ。

客達はこの噂については、

「座敷牢か……。そういうところで悪戯《いたずら》をするのが好きな人もいるのでしょうなあ」

「わたしも一度そこでいたしてみたいものです」

そんな風に捉え、馬鹿な話に花を咲かせたものだ。

中には茶屋の主に、

「わたしにもその部屋を貸してもらいたい」

と、かけ合った者もいた。

「ははは、これはお戯れを……」

主は一笑に付した。

「この出合茶屋は、大百姓の屋敷跡に手を入れたものでございまして。村の暴れ者や、放蕩息子を懲らしめるためにこういうものを拵えたのでございましょうなあ。今では座敷牢など無用とはいえ、壊すのにもお金がかかりますので、物置きに使っているというわけで……。まあ、そのような趣向を凝らしたいというお客さまもおいでかとは存じますが、どうかお許しのほどを……」

なるほどそうであったかと、噂は笑い話で終ったのだが、それから少しして、この座敷牢の方から女のすすり泣く声が聞こえると、恐がる客が現れた。

それは、かつてこの座敷牢に入れられて、非業の死を遂げた娘の霊ではないか――。

大百姓の娘が、下男と恋に落ち、引き離されて座敷牢に入れられ、落胆のあまり憤死した。

そんな物語を作る者までいた。

とはいえその時も、

「何を言っているのですよう。〝やなぎ〟は出合茶屋なんですよ。女がすすり泣く声は付きものじゃあないですか」

という声に誰もが納得し、それからこの座敷牢についての噂は、すっかりと聞かれなくなっていた。

だが、中には〝やなぎ〟をずっと怪しんでいる者もいた。

拐《かどわか》された娘、不当に売り買いされる娘達の行方を追ったところ、この柳島橋界隈で見失ったという町方の役人が、何人もいたからである。

駕籠でも舟でも、ほとんど人目に触れずに出入り出来る出合茶屋。

その娘達は、ここに連れていかれたのではなかったか。

〝やなぎ〟を中継して売買をすれば、人目を憚るに十分だ。

ましてや、噂になった座敷牢も、備えられているのである。

すすり泣く声は、売られていく哀れな娘のものだとは思えないか。

町方役人だけでなく、火付盗賊改方の同心などにも、ここに目を付けた者は当然いた。

ところが〝やなぎ〟に探索の手が及ぶことはなかった。

この出合茶屋の名所には、金と権力を握った武士、町人、僧侶までが出入りしていたからだ。

よからぬ遊びに興じていた者も多かったとなれば、下手に突つくと木っ端役人は、自分の首が絞まるのだ。

「これを放っておくわけにはいきません」

骨董屋の二階の一間で、

「この真偽を確かめて、〝やなぎ〟に人でなし共がいたのならば、そ奴らを、地獄へ案内してやってください」

と、文左衛門は、お竜と井出勝之助に依頼した。

案内人としての初仕事としてはおもしろいが、これは秘密裏に調べるところから始めねばならないので、なかなかに骨が折れそうだ。

そして、お竜と勝之助は、密通をする二人を装って、舟と駕籠で潜入をしたのであった。

「悪い奴らを地獄へ案内するのも物入りやなあ」

「ご隠居がついていなかったら、なかなかこうはいきませんねえ」

二人は嘆息した。

まずここへは文左衛門の手配でなければ入られなかったであろうし、衣裳に女中への心付け、舟代に駕籠賃など、なかなかに出費がかさむのだ。

お竜は、文左衛門の手腕を改めて思い知った。

「この茶屋の主は、蓑一郎《みのいちろう》というらしいが、ご隠居の話では、誰かに雇われているのではないか、とのことや」

勝之助が低い声で言った。

女の売買の仲介をしている親分は別にいて、蓑一郎と密かに繋ぎをとっていると、文左衛門は見ていた。

「この出合茶屋に出入りしている常連客の誰かが、元締かもしれないねえ」

「おれもそう思うな。客は皆、人に顔を見られんようここへ入るよってにな。誰が誰やらわからんということや。うまいこと考えよったで」

「蓑一郎という主に、会っておこうかねえ」

「いや、飾りの主に会うたところで埒は明かんわ」

「雑魚《ざこ》は放っとけば好いと？」

「今のところはな。そもそも人目を忍ぶ者が主に会いたいと言えば、かえって怪しまれるよってにな」

「なるほど……」

こういう話が出来るのが、同志、仲間のありがたさであった。

だが同時に、ただ一人で悪人退治をするならば、自ずと的は勘六のような小悪党に限られる。

同志、仲間がいるゆえに、狙う相手も大物となるので、それだけ危険も増す。

一人での仕事なら、しくじったとしても自分一人に返ってくるだけだが、文左衛門、井出勝之助にも累が及ぶ。

かえって緊張が高まるというものだ。

お竜はこういう時、北条佐兵衛が語った武芸談を思い出すしかない。

師はこう言った。

「自分に助太刀してくれる者がいたとしても、それを頼るな。あくまでも己一人の力で相手を倒すつもりでかかるがよい」

お竜は気を引き締めた。

とはいえ、勝之助に学ぶところはある。

彼は懐から料紙を取り出し広げると、外から駕籠で入って、この部屋に入るまでの、茶屋の見取図を描き出した。

「船着き場からは、どう繋がる?」

勝之助は、お竜に筆を手渡した。

舟で入ってから、ここまでの経路をこれに描き足せというのだ。

試されているような気がしたが、これも武芸の内の隠術《しのび》のひとつで、北条佐兵衛から絵図面の描き方は学んでいた。

それが少し誇らしかったが、勝之助は出合茶屋の庭のところに丸印をつけている。

「これは?」

指し示すと、

「用心棒がいるということやな」

勝之助は不敵な顔で嘯いた。

お竜は神妙に頷くと、

「そんなら、船着き場からは……」

筆をとって、料紙に走らせた。

船着き場からの動線が加えられ、確《しか》としないところは空白にする。

そして、船着き場から母屋へ入る通路の向こうに小屋を描き、そこに丸印を付けた。

勝之助は満足そうにそれを指さし、

「今のところは一人ずつか……」

お竜の手腕を称えるように言った。

そして再びお竜から筆を受け取り、

「ご隠居から聞いた話によると、その座敷牢というのはこの辺りやな」

勝之助は渡り廊下の向こうに離れ家を描き足した。

「今日のところは、この絵図をもっと詳しゅう仕上げることやな」

廊下に足音がして、勝之助は着ていた羽織を脱いで見取図の上にはらりと置いた。

「お酒をお持ちいたしました……」

女中が酒肴を届けにきたのだ。

(七)

勝之助は女中を下がらせると、さらに着物と袴を脱いで襦袢《じゅばん》姿となった。

下には短めの股引《ももひき》がはいてあった。

そして腰紐の上に、新たに持参した真田紐を締め、背中に小脇差ひとつを差し、塗りの銚子の柄を持って、そのまま口に酒を流し込むと、

「そんならまずはおれが……」

たちまち柱と梁を伝って天井に取りついた。

お竜は、勝之助の身軽さに見入って、

「お見事……」

思わずそう告げていた。

勝之助は少しおどけてみせると、天井板をずらして、裏へ身をすべらせた。

お竜は、持参した小さな提灯《ちょうちん》に火を点すと、これを勝之助の太刀に引っかけて、軽く跳躍して、天井から手を伸ばす勝之助に差し出した。

勝之助は巧みに受け取り、天井裏へと消えた。潜入には、やはりこれが何よりの手段だ。

お竜は勝之助の帰りを待つ間、手持ち無沙汰で、勝之助の差料を手にして、さっと抜刀した。

白刃は虚空を斬り、またすぐに鞘に戻った。

北条佐兵衛の抜刀術をひたすら真似た型は、お竜の体に刻み込まれている。

十度演武して、そっと刀架に戻すと、やがて勝之助が戻ってきた。

「暇潰しに抜刀の稽古でもしていたか」

勝之助はニヤリと笑った。

「勝さんには敵いませんねえ。ちょいとお刀を拝借いたしました……」

お竜は、殺気を漂わせてしまったのは、軽はずみであったと詫びた。

「これに気付くような奴はまずおらんやろうが、いたとしたら危ない。まあ、あんたのことや、後れはとらんやろうが……」

勝之助は体の埃を払いながらそう言うと、見取図を広げてみせた。

ほぼ全容がそこに描かれていたが、離れ家に屋根は繋がっておらず、そこだけはそのままであった。

「これもまた、お見事……」

お竜は勝之助を称えると、自分もはらりと帯を解いて、襦袢姿となった。

彼女もまた、下に股引をはいている。

「まったく、色気のない恰好でごめんなさいよ……」

そして、見取図を手に、猿のごとく天井裏へと消えた。

自分の目で確かめ、出合茶屋の造りを体で覚えるのだ。
予《あらかじ》め打合せていたが、
「仕立屋お竜、大したもんや」
打てば響く相棒の動きに、勝之助は大いに満足を覚えていた。
それはお竜も同じであった。
刀法だけに止まらず、こういう隠術の腕を見せられると真に頼りになる仲間であった。
梁にしがみつき、建物の中を進むと、方々で女のすすり泣く声が聞こえてきた。
なるほど、出合茶屋のことであるから、それは当り前なのだ。
だが、快楽のすすり泣きと、恐怖に怯え、絶望した女のすすり泣きはまるで違う。
いちいち覗き見るような野暮はしなくても、誰よりもお竜にはわかるのだ。
一周りしても、哀れな女のすすり泣きは聞こえてこなかった。
——まったく好い気なものだ。
お竜は苦笑いを禁じえない。
男女が密かに情を通じる。

中には秘密裏に逢瀬を重ねている二人もいるのであろう。

そこにいる女は、さぞかし恋に有頂天になっていることであろう。

その一方で、この出合茶屋のどこかに閉じ込められ、男達によって弄ばれ、酷い目に遭って泣いている女がいたならば——。

人の運不運、巡り合わせは真に残酷である。

お竜は、半刻ばかり見廻った後、勝之助が黒く塗り潰した丸が記された部屋の上に到達した。

そこが、主の蓑一郎が詰める一間であった。

先ほどの勝之助の話によると、蓑一郎は長火鉢の縁に額をのせるようにして、居眠りをしていたという。

お竜は、その後の様子を窺わんとして、体を逆さにして節穴から下を覗いてみた。

すると、蓑一郎は今、一人で酒を飲んでいた。

頬骨の尖った、いかにも狡猾《こうかつ》そうな三十過ぎの男である。

以前の亭主であった林助の周囲には、こういう顔をしたやくざ者がよくいた。

金のためだけに動き、その他は大抵酔っ払っていて、人のことを腐すか、誰かを脅しつけているか、ただそれだけのろくでなしばかりであった。

お竜の負の思い出が蘇った。

人間は、ほんの少しの気の迷いや運命の変遷によって、とんでもない間違いを起こしてしまうものだが、女がおかしな道を進むと、たちまち命取りになる。

何とか生き長らえたとしても、心の内に深い傷を残すことになる。

そして何かの拍子にこの傷口が痛みだして、堪らないほどの苦しみに嘖《さいな》まれる
――。

屋根裏で、人生とは何なのかを考えてしまうとは何たる不幸であろう。

穏やかな暮らしがどのようなものか、おぼろげにわかりつつある今、余計に不幸の実感が増すのだ。

お竜は奥歯を嚙み締めた。

今はすべての苦しみを怒りに変えて、悪人共へ向けるしかない。

「旦那、お報せに参りやした……」

蓑一郎を訪ねる者の声がした。

「入れ……」

「へい。何も変わりはありません」

「あって堪るかよ。腕の立つのが二人で見廻っているんだ。誰が襲ってくるってえんだよう」

「まあ、そりゃあそうですが、元締が念には念を入れておけと……」

「品物はまだ入ってこねえんだ。そうぴりぴりすることもねえぜ。ちょいと酒に付合え」

「こいつはありがてえ」

蓑一郎は、それからこの若い衆を相手に、しばらく日頃の不平を言い立てたが、それにもすぐに飽きたか、

「おれはそろそろ寝るから頼んだぜ」

と言いつけると、酒を終えてごろりと横になってしまった。

〝やなぎ〟の主人といっても名ばかりで、毎日のようによろしくやっている男女をそっと迎えているばかりの暮らしに、蓑一郎は倦んでいるようだ。

お竜はほくそ笑んで、勝之助が待つ一間にすぐに戻った。

「遅かったな。何かおもしろいことがあったか？」

勝之助は、ごろりと横になり、酒をなめるように、ちびりちびりとやっていたが、お竜を見た途端に収穫を感じとったようだ。

お竜は着物を上に羽織りつつ、

「蓑一郎っていうのは、冴えない男ですねえ……」

溜息交じりに言った。

「あたしが見た時は、ちょうど退屈そうに一杯やっていて、若いの相手に愚痴を言っていましたよ」

「ほう、それは間がよかったねえ……」

愚痴を聞けば、そ奴の身の廻りがはっきりと見えてくるものだ。

余計なことをぺらぺらと喋ってよいのは、善人だけである。悪党は、喋れば喋るほど己の素姓が明らかになり、ぼろが出る。

「ということは、やっぱり蓑一郎は雇われ主で、誰か元締がいて、ここを仕切っているということやな」

「ご隠居が思った通りでしたねえ」

「用心棒は常に二人、見廻っているというわけか」

「そのようで……」

「〝品物はまだ入ってこねえ……〟これが気になるなあ」

「近々何かが入ってくるのは確かなはず」

「夜な夜な座敷牢ですすり泣く品物やな……」

「恐らくは」

「そこまでわかれば上出来やな。よっしゃ、ご苦労さん。今日はこの辺りでしまいにしよう。夜明けになれば迎えが来る。お染は舟で、久松は駕籠で、野崎村の悲しい別れや」

「生憎《あいにく》と、芝居や浄瑠璃には疎くてね」

「そうか、それは残念。おもしろいで、今まではそれどころやなかったのかもしれんけどな。この先は気晴らしに見たらええ。合言葉に芝居の台詞が隠れていることもあるさかいにな」

「そんなら見ておきますよ」

「そしたら、朝がくるまでにはまだ間があるよってに、ちょっと眠っておこう」

「どうぞごゆっくり。あたしは何だか気が立って眠れそうにもありませんよ」

「確かに落ち着かんなあ。ええ女と一夜を過ごすのやさかいに」

勝之助はどこまでも陽気な男であった。悪戯っぽくお竜を見ると、何かを思い出したように、

「そうや、今のうちに話しておこう」

がばっと起き上がった。

「何の話です?」

「この前頼まれたことやがな」

「もう調べてくれたんですか」

「ああ、忘れんうちにと思てな。なに、二日あったら十分やったよ……」

(八)

文左衛門からの要請で三人で会い、〝地獄への案内人〟になると引き受けた日の帰り道。

お竜は、今ではもう顔を出せない、子供の頃に暮らした長屋の様子を、自分に代わって見てもらいたいと井出勝之助に頼んだ。

長屋は麴町の〝伊兵衛店〟であったとは話したが、気が向いた時に訪ねてみると言っていたので、まだ調べてもらいたい幼馴染の名は告げていなかったのだが、

「卯之助という男のことが気になっていたのやろ」

勝之助はこともなげに言った。

お竜はふっと笑った。

墓所ですれ違った時、誰であったかと卯之助がしばしお竜の後ろ姿を見送ったのを、勝之助は既に見ていたのであろう。

「よくわかりますねえ」

「あの時、卯之助と人に呼ばれたのを耳にしたのでな。恐らくあの男のその後を知りたかったのやろうと思てな」

「そう思ったなら、あたしが頼みごとをした時に、どうしてその名を口にしなかったのですよう」

「それはあんたが〝気になる人の名を思い出して、そのうちお伝えしましょう〟とか言うて、話をそらしたから、言いそびれたのやな」

「参りましたよ。仰せの通り、卯之助って人です」

「卯之助は、あんたの好い人やったんか？」

「そんなことまで訊くのですかい？」

「いや、知っておいた方が、こっちも話し方を考えんとあかんさかいなあ」

「ふふふ……」

お竜は久しぶりに腹の底からおかしくなってきた。

惚れた男なら、卯之助の今の女事情などは、省いて話すべきだと考えているのだろうか。

真におもしろい男である。

「好い人なんかじゃあ、ありませんよう……」

勝之助相手に照れくささを見せるなど無用であった。

「千住から、母親に連れられて、麴町の長屋に逃げたばかりの頃。あたしはなかなか子供達と馴染めなくてねえ……」

幼い頃は、子供の社会で生きるのも、なかなかに大変だ。

子供は無邪気だが、大人の分別が備わっていないから、悪気もなく他所《よそ》の子供を苛めることがある。

子供の苛めなど遊びのようなものだと大人はすませてしまうが、子供は大人のように、世の荒波を巧みにかわせない。

おまけに子供の頃に苛められた恨みを今さら晴らすことも出来ない。

それゆえ、大人になってからも心の傷となって残る場合もあるのだ。

片親であったり、貧しかったり、弱者を苛める点で、子供は残酷だ。

「あの人は、やくざ者の亭主から逃げてきたそうだね」

大人は陰で噂をするが、子供はそれを聞きつけると、すぐに苛めの道具に使う。

「ならずものの娘だから、〝おなら〟だ」

などと囃《はや》されて、おしんの頃のお竜は、新参者の悲哀を味わった。

それを助けてくれたのが卯之助であった。

日頃は温和で、誰に対してもやさしいのだが、理不尽な仕打ちを受けている者を見ると、体を張って守ってやる侠気《おとこぎ》を備えていた。

見かけによらず腕っ節が強いので、卯之助が、

「おい、よさねえか……」

と窘《たしな》めると、お竜を苛める子供はたちまちいなくなった。

お竜はそれが嬉しくて、

「卯之さん……」

と慕ったが、それは恋といえるようなものではなかった。

やがて卯之助は、菓子店の小僧に奉公に上がり、お竜は母親のお針の手伝いを始めて、顔を合わすこともなくなった。

しかし考えてみれば、卯之助に守ってもらってからの数年間が、お竜の安寧の日々であったような気がする。

北条佐兵衛に出会うまで、お竜を守ってくれた唯一人の男が卯之助であったと言えよう。

「母親のお墓に参った時、たまたますれ違ったのが卯之さんではないかと思って。子供の頃は随分と助けてもらいましたねえ……、なんてお礼の一言も言いたかったなあと、そんな気持ちになったんですよ」

「それで、もし困っているような様子であれば、そっと手を差し伸べるつもりやったと？」

「そういうことです」

「それやったら案ずることはない、卯之助は今、赤坂氷川明神の門前で小さいながらも、草団子を売る店を開いて、女房と三つになる娘と三人で、幸せに暮らしているよ」

「そうですか……、それはよかった」

「ふふふ、よかったな」

「勝さん、恩に着ますよ。お礼はどうしたら好いです？」

「礼など要らぬよ」

「いや、それでは……」

「それが、同志、仲間というものや」

勝之助はそう言ったかと思うと、そのまま寝息を立てた。

彼なりに、お竜の過去が哀しくて、かける言葉が見つからず、狸寝入りを決め込んだのであろう。

朝になればまた新たな気分でいこう――。

お竜に背を向けて寝ている井出勝之助を眺めていると、

――これが仲間というものか。

お竜は不思議な温かい心地になった。

それは子供の頃、

「よさねえか……」

と、自分を庇ってくれた卯之助に覚えた温かさと、どこか似ていた。

夜が白む頃となって、むくっと起き上がった勝之助は、

「初日にしては上できやったな。また出直すとしよう」

お竜に話したことなどすべて忘れたかのように言い置くと、迎えの駕籠に乗って、出合茶屋を出た。

お竜も迎えの舟に乗り横十間川を南へ行く。

初老の船頭は、文左衛門の息のかかった船宿のお抱えで、無駄口を利かず黙々と舟を操る。

昨夜は、出合茶屋の屋根裏を忍び歩いたが、それが夢のような、清々しい朝である。

終始にこやかな表情を崩さぬ船頭に、お竜は何か声をかけたくなって、

「船頭さん、氷川明神はどっちの方だろうねえ」

「さて、ここからはずうっと遠いが、あっちの方じゃあねえですかねえ」

と、西を指した。

「そうかい。ありがとうよ……」

お竜はゆったりと頷いてみせると、西の空に軽く手を合わせて、

「卯之さん、あの時はありがとう。嬉しかったよ……」

もう二度と会って話すこともないであろう、幼き頃の恩人に、心の内で語りかけていた。

四、地獄への案内人

㈠

「ちょっと訊きたいのやが……」

その日の仕事を一通り終えた後、井出勝之助《いでかつのすけ》はごろりと横になりながら言った。

「何です……？」

同じく仕事を終えたお竜《りゅう》が、壁にもたれながら顔を上げた。

「あんたは、ろくでもない男に騙されて一緒になったそうやが……」

「はい」

「やっぱりこんな話をするのは嫌か？」

「いえ、勝さんはお仲間ですからねえ。何なりと」

「それはありがたい」

勝之助は、寝転んだまま訊くのも憚られたか、すぐに真顔で起き上がり、

「一緒になって、どれくらいしてから、騙されたと気付いたのや？」

「そんなことを訊いて、どうするんです」

「おれは、京を追い出されてから、方々で女の世話になったものやが、考えてみると、女のことなど何ひとつわかってなかったような気がしてなあ」

「もっと知りたいと？」

「今のあんたを見ていると、男に騙されたとは信じられぬ。女というのは、おかしなものやと思てなあ」

お竜は、ふっと笑って、

「騙されたというわけでもなかったのでしょうねえ。男は林助《りんすけ》といって、そもそもがとんでもないやくざ者だとわかっていましたから」

「なるほど、一緒になってから、〝あんたはもっと真面目な人やと思てた〟とは言われぬわなあ」

「悪い奴でも、今自分が縋りつけるのは、林助しかいないと思って、そこへ逃げ込んだってところで」

「女の弱さがそうさせたか」

「その頃のあたしは、闘う術《すべ》も知りませんでしたからねえ」

「男の強さに、つい惚れてしもうたのやな」

「望まれて一緒になった一時《いっとき》は……」

「無理もない」

「ものの三日で、酷い男のところに逃げ込んだものだと悔やみましたよ」

「やっぱり、一緒に暮らすと、男のあらが見えてくるか」

「目覚めた時の気だるそうな顔とか、ちょっとした言葉尻とか、そんなものが、いちいち気に障るというか……」

「なるほど、おれも気をつけんとあかんなあ」

「勝さんは大丈夫ですよう」

「そうか？」

「やさしいから……。女にもてるのがよくわかりますよ」

「おれに惚れたらあかんで」

「生憎《あいにく》好みじゃあ、ありませんから」

「えらいすんまへん」

勝之助は悪戯《いたずら》っぽく笑うと、

「そうか。三日もしたら嫌になるのに、容易《たやす》く亭主と別れられぬ。女として生きるのは大変やなあ」

すぐにまた真顔になった。

そしてそれ以上は何も問わず、

「いや、くだらぬことを訊いたな。堪忍してや……」

また、ごろりと横になった。

お竜は、相変わらず壁にもたれながら、

――ものの三日で悔やんだか。

自問していた。

今は勝之助にそう応えたが、林助と一緒になった時は、

――悪い男でも、あの人は自分を女房に望んだのだ。女房だけには慈みの情を、かけ続けてくれるはず。

そのように思っていた。

その想いは、三日やそこらで嫌になれるものではなかったはずだ。

悪事を重ね、女を痛めつけ、人を傷つけ、殺したことさえある林助は、人として許されぬが、自分にとっては大事な亭主なのだ。

歪んだ情でもよい。信じていたかった。

林助との暮らしは二年ほど続いたが、悪事の片棒を担がされ、右の太腿の内側に竜の彫物を入れられて尚、

——いつかこの人は、あたしにすべてを詫びて、お前だけには幸せを与えてやると言ってくれるのではないか。

そんな希望を抱いていたような気がする。

それが、弱い女の、幸薄い女の幻想であったと思い知った時、お竜は林助を心底憎んだのである。

ずっと信じ続けようと努めたからこそ、憎しみが増したのだ。

その憎しみを力に変えて、お竜は女をいたぶり、弱い者からとことん金を吸いあげんとする悪党を、地獄へ連れていく〝案内人〟となった。

だが、力に変えた憎しみは、お竜の体内を駆け巡り、悪党退治をする時の気負いになりかねない。

心と体にまとわりついた、林助という男の呪縛から、北条佐兵衛《ほうじょうさへえ》は解き放ってくれた。

それでも、体に残された竜の彫物は、一生消えない。

それを見る度に、忌わしい過去が蘇り、お竜は時折、叫び出したい衝動にかられるのである。

（二）

お竜と井出勝之助による、出合茶屋〝やなぎ〟への潜入は続いていた。

大身の武士と商家の後家の密会を装っていたが、毎日となれば怪しまれもしよう。

それなりに日を空けねばなるまい。

初日で知り得たのは、〝やなぎ〟の建物の概容と、主《あるじ》の蓑一郎《みのいちろう》は何者かの乾分《こぶん》で、近々〝品物〟が届くことであった。

となれば、このまま連日詰めていたいところなのだが、文左衛門《ぶんざえもん》に報せると、

「確かに、手をこまねいていると、新たな娘達が酷い目に遭いましょう。だからといって、井出先生とお竜さんにお願いしたいのは、娘達を助け出すことではありません。悪事の根っこを消し去る……。それに尽きます。急《せ》いてことを仕損じてはいけません」

文左衛門は、きっぱりと言った。

〝案内人〟は闇の仕事であり、正義心が先走ってはいけない。その判断を下すのが、案内人の元締を務める自分の役目だと、思っているのである。

そう言われると、お竜と勝之助は一言もなかった。

文左衛門が案内料を二人に渡したのは、何よりも殺しの玄人《くろうと》として、その場その場の分別をつけろという意味が、多分に含まれていたのだ。

そして、文左衛門とてみすみす手はこまねいていなかった。

出合茶屋〝やなぎ〟の船着き場と、吹抜門が見える位置にある掛茶屋を見つけ、そこを買い取り小さな小屋を、既に拵えていたのであった。

その上で、小屋に従者の安三《やすぞう》を付け、お竜と勝之助が〝やなぎ〟に行かぬ間の目付役としたから、二人も安心して動けるようになった。

こうして、〝やなぎ〟での二度目の潜入を終えた二人は、先日と同じように、部屋で夜明けを待っているのだが、この日は大きな収穫を得ていた。

主の蓑一郎が、店の若い衆に、

「荷がくるのは、明後日の夜になったぜ」

と、話しているのを、勝之助が聞きつけたのだ。

「一晩預かって、次の日の昼間に客が来るから、いつものように品を検《あらた》めさせて、それから荷出しだ」

蓑一郎はそう言った。

そこからの話の内容を拾い上げて考えてみると、〝やなぎ〟の真の主は、

「元締……」

「元右衛門《もとえもん》の旦那」

という男であるらしい。

荷が入る折は、この元右衛門が乾分と人足を差配し、客に品を引き渡すことになるようだ。

つまりそれは、お竜と勝之助が地獄へ案内してやる相手が、明後日に〝やなぎ〟に現れるということに他ならない。

案内人の二人は、さすがに興奮を禁じえなかったが、元右衛門という元締が、娘を拐《かどわか》しどこかへ売りとばしている張本人だとして、いったいこ奴を、

「どこで仕留めるか、そいつを考えんといかんなあ」

「やはり、ここで狙うのはよした方が好いんですかねえ……」

そこが問題であった。

この出合茶屋には元右衛門の他に用心棒が二人。蓑一郎達乾分もいる。お竜と勝之助がいかに凄腕とて、これだけの敵が相手となれば、客を巻き込んでの騒ぎになる恐れも高くなる。

元右衛門に手を貸す連中であれば、片っ端から殺してしまってもよいが、そういう危険を冒してまで手にかけずともよいのではないか――。

雑魚《ざこ》は放っておいても消えていくだろうし、生きていかんがために、元右衛門の言いなりになっている連中も、思えば哀れである。

お竜とて、かつては望むべくもなく、林助の悪事に加担していたのだ。

文左衛門は、

「手に余れば、一味の連中共々始末をするのも止むをえませんが、今度の的は拐しの元締一人にしておきましょう」

と、二人に言った。

ここはまず、元右衛門の面体を検め、二人でこ奴を見張り、住処《すみか》を確かめてから、どこで襲うかを見極めるべきであろう。

お竜と勝之助の間では、そのように話はまとまったが、二人共にどうもしっくりとこなかった。

出来ることならば、ここで元右衛門を地獄へと案内してやり、その余勢をかって、品物として持ち込まれたのが拐された娘かどうかを確かめて、逃がしてやりたい。

そう思うのだ。

確かに敵地で戦うのは避けるべきかもしれない。

しかし、この日も二人は、見取図を充実させていた。

出合茶屋〝やなぎ〟は、ひっそりと建っているゆえ、平家造りになっている。

それが幸いして、お竜と勝之助は屋根裏から、この建物の全容を素早く調べることが出来た。

布団部屋には、ほとんど人がいないゆえに、心おきなく舞い降りて、廊下を覗き見られた。

さらに、布団部屋には明かり取りの小窓があり、高く積まれた布団に乗ると、外の景色を見ることが出来た。

そこからは、離れ家の様子が窺い見られる。

勝之助がそれを発見したのだが、わかった時は小躍りしたものだ。

さらに、台所には外への出入り口があり、ここから庭へ出られる。

時折、女中がやって来るゆえ、布団部屋のように頻繁に降りられないが、ここへ降りれば、容易く庭の外を見られるし、いざとなれば外へ飛び出せる。

そのような、建物の細部の様子を把握することが叶ったのである。

場合によっては、今宵中にこの出合茶屋の中ですべての片を付けられるのではないか――。

そう思われるだけに、どうにも悔しいのである。

文左衛門は、己が意思を伝えつつも、

「どこで誰を仕留めるかは、とどのつまり、井出先生とお竜さんに任せます」

と、最終の判断は二人に委ねていたが、決して失敗は許されない。

二人で地獄へ案内するのであるから、どちらか一方でもためらう場合は、仕切り直すべきであろう。

「考えていても仕方がない。その時がきてみんとわからぬこともある。布団部屋の小窓から、大屋根に出られる。じっくりと様子も見られるはずや。とにかく明後日が勝負と思ておこう」

勝之助の言葉に、お竜も同意した。

どんな時でも、とぼけたような上方訛りで淡々と話されると、心の内が落ち着いてくる。真にありがたい味方であった。

やがて朝がきて、お竜は舟で、勝之助は駕籠で〝やなぎ〟を出た。

その際には勝之助が、

「次は明後日に参るゆえ、よろしく頼むぞ」

と、女中に心付けをはずみながら告げたのである。

(三)

お竜は、そのまま舟を橋場の渡し場へと着けてもらい、一旦、北条佐兵衛の浪宅へと入った。

明後日の決着を望んではいるが、状況から考えると、元右衛門という元締の面体を確かめた後、ひとまず出合茶屋を出て、元右衛門を密かにつけ廻し、機を見はからって地獄へ案内してやる。そんな流れになるであろう。

しかし、お竜は胸の昂まりを覚えて仕方がなかった。

井出勝之助は、駕籠を一旦、安三が拠る掛茶屋の小屋へ着けさせ、そこでいつもの着流しに太刀の落し差しといった形《なり》に戻り、〝鶴屋〟へ帰るらしい。

彼のことであるから、明後日がひとつの勝負だと心に思いつつも、店の奉公人達をからかい、軽口を叩いて、いつもと変わらぬ様子でいるのであろう。

いざとなれば、冷徹に殺しをしてのけるお竜ではあるが、まだそんな境地には至らない。

吉岡流剣術を、継承する立場にあったほどの井出勝之助とは、武芸の格が違うのだ。

北条佐兵衛から、その天賦の才を称されたとはいえ、師の許から市井に出て、まだ三月余りであった。

〝勝負〟へ向けての気負いを鎮めるには、佐兵衛からみっちりと武芸を仕込まれたこの浪宅で、稽古に汗を流す他に術を知らなかったのである。

お竜は、佐兵衛が武芸場代わりにしていた、いろりのある板間の居床の一角に、すっくと立った。

そして布裁ち用の小刀を手にして、これを縦横無尽に振った。

佐兵衛からは、

「女が町へ出て、何よりも役に立つのは、小太刀であろう」

と言われて、厳しく仕込まれた。

武家の女であれば薙刀《なぎなた》を遣うこともあろうが、それとても外に持って出るわけにもいかない。

懐剣をいかに遣いこなすかが、実用として役立つ。

「だが、相手は太刀を振り回してくるかもしれぬ。これにいかにして勝つか。なかなかに難しいぞ」

得物は長い方に分がある。

「ゆえに、相手が抜刀する間合を与えぬのが何よりじゃのう」

狭い部屋の内ならば、刀を引き寄せ抜くのにはそれなりに間が要る。そこを狙うのだと、佐兵衛は言った。

「お前は武芸者ではないゆえ、術法に縛られず、いかにすれば相手を倒せるか。それだけを考えればよいのだ」

言葉巧みに近寄り、

「たかが女一人だ……」

と、油断する相手をただ一突きで仕留める。

佐兵衛は、お竜のためにあらゆる場面を想定して、小太刀の型を考えてくれた。

その上でお竜の身に馴染むまで、何度も繰り返させたのだ。

　お竜は一日中飽くことなく型を覚え、佐兵衛との立合では、体が勝手に技に反応するまでになった。

　そして裁縫道具の布裁ち刀に工夫を加え、己が小太刀とした。

　柄の部分に革を巻き、しっかりと握れるようにして、革製の鞘を拵え、帯に挟める武器に仕上げたのだ。

　仕立屋が、裁縫道具を工夫して、所持しても咎められはしまい。

　お竜はそう思って、佐兵衛から離れ、仕立屋として町で暮らすようになってからは、佐兵衛直伝の小太刀の型に、さらに工夫を加え、布裁ち刀術ともいうべき技を編み出していた。

　近い間合から、いきなり小刀を抜いて相手を刺す。

　抜く手も見せず襲いかかるにはどうすればよいか、日々稽古を重ねた。

　順手で、逆手で、二刀を組み合わせて使い分けて――。

　お竜は無心で小刀を揮《ふる》った。

　いつしか仮想の敵が林助となって目の前に浮かんでいた。

――馬鹿馬鹿しい。

　お竜は型稽古を止めた。

昨晩、井出勝之助から、酷い男に騙されてしまったことに、一緒になってどれくらいしてから気付いたかと問われた。

大した話でもなかったが、それから林助の面影が、目の前にちらついて仕方がなかったのである。

北条佐兵衛に助けられ、この浪宅に身を寄せた後、凶悪な亭主から逃れ、その乾分を殺してきたのだと、経緯《いきさつ》を打ち明けた時、

「お前の体から、忌わしい男の念を追い出そう」

佐兵衛はそう言って、ただ一夜だけ、お竜を抱いた。

その一夜を境に、お竜の心と体を支配していた林助という悪鬼の影が、跡形もなく消え去ったはずであったというのに――。

佐兵衛は、お竜から林助の話を聞いた後、一言もその名を口にしなかったが、お竜を〝鶴屋《つるや》〟の仕立屋として預け、自分は再び廻国修行に出た折、

「林助なる男は、お前が逃げ出した後、すぐに姿を消して、行方をくらましたそうな。いつか見つかるとよいな」

と、言い置いた。

忘れろと言いつつ、佐兵衛はどうやら林助の行方を求めてくれていたようだ。

あの時、もし佐兵衛が林助を見つけていたら、どうしていたであろうか。

そのことについては訊かぬままに終っているが、林助の悪事を手伝い、乾分の又市《またいち》を殺害したお竜の身を慮《おもんぱか》り、有無を言わさず斬り捨てたかもしれない。

そして、

「林助なる男は、何者かに斬られて死んだらしい。恐らく仲間内の諍いで、命を狙われたのであろう、因果応報というものだな」

お竜には、そんな風に伝えていたような気がする。

佐兵衛と別れ、仕立屋のお竜として暮らしたこれまでの間、彼女は暮らしが落ち着くにつれて、そのようなことに想いを馳せるようになった。

そう考えると、林助が消えてくれたのは幸いであった。

北条佐兵衛ほどの武芸者が、林助ごときと関り合いになってよいものか。

自分のような女のために、師の武芸が汚されてはいけない。そんなことがあってては、断じてならないのだ。

だが、消えてしまったゆえに、憎しみが増す。

——あの悪党は、いつか江戸に戻ってくるに違いない。

その時は、何があっても息の根を止めてやるという想いが込みあげてくる。

――そうだ。文左衛門のご隠居に、この仕事が終ったら願い出よう。

文左衛門は、誰と繫がり、誰を使って調べごとをしているのかは知れないが、あの隠居は悪人の動向を実によく追っている。

お竜のために、林助を見つけ出すのは難しくはないはずだ。

先日手渡された二十五両は、まだほとんど手つかずのままである。

案内料など要らない。

心の内に漂う靄《もや》を取り払えるなら、この金をそっくり捧げてもよい。

井出勝之助の手助けも要らない。

出合茶屋〝やなぎ〟での仕事を前にして、お竜の闘志は燃え上がり、再び小太刀の稽古に打ち込んだ。そうすることでしか、この忌わしい雑念を鎮めようがなかったのである。

(四)

二日後。

昼下がりとなって、お竜は江戸橋の船宿へ入った。

ここは〝ゆあさ〟といって、文左衛門の隠れ家のひとつになっていた。

船宿は、出合茶屋同様、微行で使われることが多い。

それゆえ、ここの女中達は誰もが、にこやかではあるが無駄口がなく、きびきびと部屋へ案内してくれて、舟の用意も段取りがよく待たせない。

お竜が行くと、決まっておえんという三十絡みの女中頭が出てきて、

「ご隠居から伺っております……」

と、あれこれ世話を焼いてくれる。

留蔵《とめぞう》という初老の船頭が付いてくれるのも、決まりごととなっていた。

おえんは、

「これに着替えがございます……」

と、変装用の着物を出してくれ、そのことについては、一言も口を挟まず、

「ご隠居がこれに着替えていただきたいとのことで……」

とだけ告げて、着替えの手伝いまでしてくれる。

それからお竜を船着き場に案内して、留蔵が操船する猪牙舟《ちょき》に乗せる。

留蔵は、おえんと同じく、

「ご隠居から伺っておりやす」

お竜を見るとまずにこやかに頷いて、舟へと導き、

「そんなら、さっそく参りやしょう」

勢いよく水面に漕ぎ出す。

いささか歳はとっているが、その分、川の流れや空模様に敏感で、動きに無駄がない。

ゆったりと進ませれば、舟唄のひとつも渋い喉で聞かせるし、急ぎとなれば並びなき速さで、川を行く舟を次々に追い抜いていく。

文左衛門がいつも連れている安三も、健脚に加えて身軽な動きをして、真に小回りが利く。

文左衛門は、お竜と井出勝之助に〝地獄への案内人〟を託しているが、お竜にしてみると、この三人も案内人の仲間と思える。

文左衛門の人に対する眼力は大したもので、その動かし方を知っている。

かくして商家の後家風のお竜は、日が暮れ始めた頃、出合茶屋〝やなぎ〟に、人目を忍んで入った。

「姐さん、お気をつけて……」

船着き場に降り立つ時、船頭の留蔵は低い声で言った。

今日が重大な日だと、既に文左衛門から報されているのだろうか。

どこか緊張を漂わせていた。

お竜の五体が引き締まった。

それでも表情はいつもの落ち着いた様子を崩さずに、

「いつもすまないねえ、留さん……」

初めて留蔵の名を口にして、留蔵の顔を綻ばせた。

いつもの一間に通されると、やがて井出勝之助がやってきた。この度もまた大身の武士の微行姿は変わらない。

お竜が江戸橋の船宿で姿を変えるのと同じく、勝之助は、鉄砲洲の稲荷橋を北へ渡ったところにある〝駕籠政〟で衣服を改めていた。

ここでは、駕籠の用意が整うまで、二階座敷で待つことが出来るのだ。

「井出の旦那は、こうやって羽織袴をお召しになると、ますます男振りがあがるってもんだ……」

親方の政五郎《まさごろう》は陽気な四十男で、隠居の文左衛門が贔屓にしている駕籠屋とあって、話好きで人懐こい。

それでいて、駕籠舁《か》きは屈強な連中を揃えていて、冗談を言っても余計なことは一切訊ねたりはしない。

勝之助が〝駕籠政〟を使うのは、これが三度目で、政五郎はぶったところのない勝之助に、何か声をかけたくなったようだ。

こうして彼もまた、人目を忍んで〝やなぎ〟の一間に入り、お竜と落ち合うと、

「〝駕籠政〟が、ご隠居の息がかかったところなのは間違いない。おれらの仕事をどこまで知っているのやろなあ」

思わず政五郎の噂話をしたものだ。

「いずれにせよ、勝さんとあたしが、ここで好いことをしているとは、思っちゃあいないでしょうよ」

お竜は、目に強い光を宿しつつ応えた。

文左衛門は、〝地獄への案内人〟の二人に、頼りになる手伝いの者をつけてくれているのだが、船宿にも駕籠屋にも、二人が出合茶屋に潜入して何者かを暗殺すると告げてはいまい。

さりとて、二人がそれぞれ出合茶屋に遊びに行くとは思っていないのは明らかだ。

お竜と勝之助が、いつもとは違う姿になって出合茶屋へ出向くのは、文左衛門

に何かを頼まれてのことに違いない。

文左衛門が望むのであれば、黙って言われた通りに従わんと、船宿はお竜を、駕籠屋は井出勝之助を守り立て、気持ちよく送り出さんと骨を折るのだ。

お竜と勝之助は、彼らの努力を無駄にしてはなるまいと、気を引き締めて決戦に臨んだのである。

そして、それからが長く熱い夜の始まりであった。

思いもかけぬ激しい展開が待ち受けているとは、この時のお竜には、知る由もなかったのである。

㈤

いつものように、女中が酒肴を運んでくると、

「すまぬが、安太郎《やすたろう》という男が身共《みども》を訪ねてきたら、通してやってくれ」

勝之助は、女中の手に小粒を握らせてから告げた。

「畏まりました」

女中は、ぽっと顔を赤らめて、恭しく頭を下げると立ち去った。

こういうところ、勝之助のほどのよさは際立っている。

「さすがは勝さん、女の心を摑むのは名人ですねえ」

お竜は少し冷やかすように言った。

「それでもおれは、あんたの好みやないねんやろ……」

勝之助はニヤリと笑う。

「さあ、どうですかねえ」

お竜は小さく笑って、心を落ち着けた。

二人の息も合ってきた。

日頃は無口なお竜も、仲間とは出来るだけ言葉を交わしておかないと、ここ一番で意思の疎通がうまくいかないと思い、ちょっとした軽口も利けるようになってきた。

「安太郎というのは……」

「安三のことや」

文左衛門の従者の安三は、今も件の掛茶屋の小屋から、〝やなぎ〟を見張っていた。

外から見て異変があれば、勝之助に報せる段取りになっていたのだ。

「となると、しばらく部屋を空けられませんねえ」

「うむ、どちらか一人はここにいた方がよいな」

「安さんは、いったいどういう人なんだろう……」

「さあ、あんたより、物を言わぬ男であるのは確かやな」

「勝さんがご隠居と知り合ったのは旅先だったとか」

「ああ、金沢を一緒に巡った」

「そん時も、ご隠居は安さんを連れていたんですか」

「連れていた。ただ一人だけな」

「ということは……」

「あれはなかなかの腕利きやな。そう思うやろ?」

「ええ、あたしよりも腕が立つのかもしれない……」

「そこまで強いかはわからぬが、あのご隠居が旅の供に連れていくのやさかいなあ、その辺りの奉公人とは、わけが違う」

二人は頷き合って、これまで興がそそられつつも訊かずにいた安三に想いを馳せた。

このところ安三は、ほとんど掛茶屋の小屋に詰めている。

これと見込んだ供の者が不在では、文左衛門もさぞかし不便であろうが、惜しげもなくここに投入しているのは、〝地獄への案内人〟の元締として、文左衛門はこの仕事に並々ならぬ意欲を見せているからであろう。

そう考えると、安三の過去にますます興をそそられるが、井出勝之助のように知っておいた方が好い相手と、知らぬままいた方が好い相手がいるようにも思える。

お竜はひとまず屋根裏から布団部屋へと向かい、勝之助は、安三のおとないを待つことにした。

その安三は、それから一刻ばかりして、小屋を出て〝やなぎ〟へ向かった。

吹抜門から中へ入り、出入り口へ向かおうとすると、

「茶屋の客……、ではないのう」

庭木の陰から用心棒が一人現れて、安三を見咎めた。

「へい。あっしは見ての通りの奴《やっこ》でございまして、主に言伝てがございます。安太郎という者が来ると、話は通っているはずですがねえ」

安三の姿は、武家奉公人の装いになっていた。

「よし、そこで待て……」

用心棒は安三をその場に留めおくと、出合茶屋の中へと消えていったが、勝之助の女中への配慮が効いている。

すぐに女中自らが庭へ出て来て、

「安太郎さんですね。お待ちしておりましたよ……」

愛想よく、安三を母屋の内に請じ入れた。

用心棒は安三をじろじろと見て、

「用がすめばすぐに出るようにな」

そう言い置いて、また庭の見廻りに戻っていった。

女中は明るい表情で、

「堪忍しておくんなさいまし。ここには偉いお人も忍んでおりますから、見廻りにも気を遣うようでして……」

安三を労うと、お竜と勝之助の部屋へと案内して、おとないを告げた。

「左様か……」

戸の向こうから勝之助の声がした。

「安太郎にございます」

安三は恭しく応えると、女中ににこやかに頷いてみせ、部屋へ入った。

この辺りの立居振舞にも無駄がなく、武家屋敷に仕える中間《ちゅうげん》の風情が出ている。

「おお、安太郎、参ったか。ここに身共がきておるのは……」

「どなたもお気付きになってはおりません」

「それは重畳《ちょうじょう》……。まず近う寄れ……」

「畏まりました」

二人はよく通る声で、一通り芝居をしてから、

「何か動きが？」

勝之助が声を潜めた。

「荷車が中へ……」

大きな葛籠《つづら》のような物が三つ、船で運ばれてきて、人足達によって運び込まれたと、安三は低い声で伝えた。

「葛籠が三つか……」

恐らくそれが、中に娘が入った品なのであろう。

「人足の他には？」

「若いのを連れた、貫禄のある男が、船で一緒に降りて中へ……」

「そうか、そいつが元右衛門か」

「恐らくは……」

相槌を打つ安三に目で合図をすると、

「安太郎、大儀であった」

勝之助は、また芝居に戻って、

「ははッ……」

と平伏する安三と別れた。

安三はこの後、再び掛茶屋の小屋に戻ることになっている。

その頃、お竜は布団部屋の小窓から離れ家の様子を窺っていた。

母屋と離れ家は、渡り廊下で繋がっていて、離れ家の裏には蔵造りの一棟が続いている。

離れ家から蔵への入り口は廊下を挟んですぐにあるらしい。

これはかつてここへ迷い込んだ客の言である。

しかし、かすかに見えた牢格子の向こうには、あれこれ荷箱が置かれてあり、昔の座敷牢が今では物置きとして使われている様子が窺い見られたという。

「左様でございます。今ではちょっとした物置きになっております。大事な物を置いておくには、錠もかけられて、なかなか重宝いたしております」

〝やなぎ〟の主人・蓑一郎は、そう言って笑ったというが、果してどうなっているのだろうか。

――来たよ。

お竜の目に、庭を行く荷車が見えた。

その数は三台、一台に偉丈夫の人足二人が付いていて、離れの裏手へと消えていった。

荷車には、船着き場を守る用心棒一人に、若い衆二人が付いている。

彼らは、音をたてぬようにと、実に静かに荷を運んでいた。

誰一人として威勢の好い声も発しない。いささか不気味な一群に見えた。

「あれが、もしや……」

渡り廊下に、二人の男の後ろ姿が見えた。

後ろの一人は蓑一郎であろう。

となれば、前を行くのが、元締の元右衛門ではなかろうか。

しかし、よく姿が見えない。

廊下の屋根は低く、布団部屋の小窓からは死角になるところが多いのだ。

元右衛門と蓑一郎らしき二人は、すぐに離れの向こうに見えなくなった。

お竜は歯嚙みしたが、少し待てば出てくるところを見られるのではなかろうか。積まれた布団の上にいて、しばらく待っていようと思ったが、部屋の外で人が迫る音がして、再び天井裏に消えた。

部屋に入ってきたのは、やや太り気味の女中で、部屋に入るや、

「ああ、疲れた……」

と言って、布団の山にもたれ、手にしていた徳利の酒をぐいっと飲んだ。

休息の間に、盗み酒をするのを楽しみにしているらしい。

お竜は仕方なく、一旦部屋に戻ることにした。

「安さんは来ましたか？」

勝之助に訊ねてみると、荷が入ったと、安三が報せに来たとのことであった。

内容は、今、お竜が見てきたのと同じである。

「そうか、葛籠が三つ、やはり物置きにしているという座敷牢へ消えたか……」

勝之助は唸った。

安三の見張りと、お竜の物見が好い具合に絡まって、様子が見えてきた。それが大いに満足であった。

「でも、女中の盗み酒のせいで、元右衛門らしき男の顔は拝めませんでしたよ」

お竜が苦笑いを浮かべると、

「そんなものはすぐにわかるよ。蓑一郎がいつも詰めている部屋に、元右衛門は入るに違いない。どれ、次はおれに任せてくれ。ちょっと見てこよう」

勝之助は、羽織と袴を脱いで、たちまち天井裏へと姿を消した。

㈥

井出勝之助の予想は当っていた。

蓑一郎の部屋を、天井裏からそっと窺い見ていると、すぐに蓑一郎が一人の男と姿を現した。

男は、いつも蓑一郎が座っている長火鉢の前に、でんと座った。

「出合茶屋の方は、随分と繁盛しているようじゃあねえか」

男は言った。

声にどすが利いている。

細面で、なかなかに端整な顔つきをしているが、目付きの鋭さは尋常ではなく、蓑一郎などは、蛇に睨まれた蛙のような様子である。

どう見ても、堅気ではない。

「お蔭さまで繁盛いたしておりやす」

「お前には、出合茶屋の主が、似合っているようだな」

「畏れ入ります……」

蓑一郎は頭を搔いた。

「ですが元締……」

やはり男が元締の元右衛門である。

「今のままじゃあ不足ってえのかい？」

「いえ、不足ってえこともありませんが、ちょいとばかり退屈でございまして」

「もっと悪事を重ねてえってかい？」

「へい……」

「さて、お前に何ができるだろうな」

元右衛門は、じろりと蓑一郎を見た。

「おれについているから、〝やなぎ〟の主でいられるってえのによう」

「へ、へえ、それは、重々承知いたしておりやす」

「そんなら、つべこべ言わずに、今はおれの言う通りにするが好いや」

「しょ、承知いたしや……」

蓑一郎は、這いつくばるようにして、後は沈黙した。

「用心棒はどうしている？」

「へい、庭を見廻っておりやす」

「見廻らねえで好いや。離れの座敷に二人で詰めているように言え」

日頃は、この出合茶屋を嗅ぎ廻る者がいないか用心させておけばよいが、荷が入った時は、蔵の前に張りつかせておく方が安心だと元右衛門は言った。

「いつものことじゃあねえか。しっかりとしろい」

「へい。相すみません」

「用心棒と人足の前で、葛籠から品を出したりはしていねえだろうな」

「そりゃあもう……。いちいち蔵の戸を閉めてからいたしておりやす」

「連中は、割の好い仕事を失《な》くしたくはねえから、おかしなことがあっても知らぬふりを決めこむが、手前の目ではっきり見た時は、欲が出ちまうもんだ。おれにもひとつ噛ませてくれと言いかねねえ」

「なるほど……」

「そういう野郎は、何かと調子に乗るもんだ。相手の弱みを握った気になってよう」

「そんな野郎は、ばらしてやりゃあ好いってもんで」

「馬鹿野郎、手前、人を殺《や》ったことがあるのかよう」

「そ、それは……」

「始末すりゃあ、後が面倒だ。心してかかれ。わかったな」

「へ、へい」

「そんなら、蔵の鍵を渡しな。念のため、おれが持っておくぜ」

元右衛門は、蓑一郎が差し出した鍵を手にして、結んである紐を首からかけた。

「明日は向こうが人足を連れてくる。おれが客を蔵へ案内して品を見せてから荷出しだ」

「畏まりました。こっちの人足には金を握らせて帰しておきます」

「そうしてくれ」

「女でも呼びますか？」

「お前が連れてくる女は、どれも大したもんじゃあねえからよしにすらあ。酒でも飲んで寝るとしようか」

「へい。そんならすぐに用意させましょう」

蓑一郎はたじたじとなって、部屋を出た。

――なかなか用心深い奴だ。

天井裏の勝之助は気を引き締めた。

とはいえさすがの元右衛門も、この出合茶屋の客に、天井裏に潜り込んで様子を窺うような者がいるとは思っていないようだ。

離れ家には、母屋の天井裏は繫がっていない。

それゆえ、大して気にもかけていないのであろうが、

「天井裏と軒下は、時折調べておけ」

などと、いつ言い出すかわからない。

――ひとまず戻ろう。

勝之助は、酒肴が運ばれてきて、蓑一郎相手に一杯やり出すのを見届けてから、お竜の待つ部屋へと戻った。

「今宵のうちに片をつけますか……」

お竜は一通り話を聞いて、勝之助に元右衛門殺しの段取りを問うた。

夜中の寝静まった頃に、二人で元右衛門が眠る部屋へ忍び込み、元右衛門の息

の根を止めて、蔵の鍵を奪い、娘達を逃がした後、自分達もそっと出合茶屋から逃げ去る。

どうせこの〝やなぎ〟に集う客達は、身分や姓名を伏せて、一時逢瀬の場を借りる者ばかりである。

出合茶屋に異変を覚えて逃げ去ったとしても、誰にも怪しまれまい。

娘達が逃げて、役人の許に逃げ込めば、元右衛門一味の悪事も露見するはずで、元右衛門の死を残念がる者などいまい。

「用心棒を倒すのはいささか骨が折れるでしょうが、あたしと勝さんが、隙を衝いて躍り込めば何とかなるはず」

二人の的は元締の元右衛門一人でよい。

拐された娘達を逃がすのは控えるべきかもしれない。

しかし、鍵は今、元右衛門が首にぶら下げているのだ。手の届くところにあるものを、みすみす放置して〝やなぎ〟を後にするのも気が引ける。

ここは何としても、今宵の内に片をつけるべきだと、お竜は思ったのである。

「いや、まず待ってくれ……」

勝之助はそれを止めた。

「確かに元右衛門は悪党に違いない。そやけどなあ、女を無理矢理さらって、どこかへ売りとばす。その悪事を確かめてから元右衛門を殺すのがおれらの役目や……」

今のところでは、そこまで裏がとれていないと勝之助は言うのだ。

怪しいというだけで元右衛門を殺し、鍵を奪って蔵を開けてみれば、葛籠の中身は娘ではなかった――。

そうなることもありえる。

元右衛門は用心深い。

乾分に対しても、荷の中身を品と呼んでいて、どこまでも符帳で話すので、なかなか実態を摑めないのだ。

「そんなら、やはり今日は元右衛門の面体を検めて、奴の居処をつきとめるのが先だと……」

お竜は、苦い表情を浮かべた。

勝之助の言うことは正しいが、無念が残るのである。

「あんたは辛い目に遭う女の気持ちがわかるゆえ、さらわれた娘をみすみす見殺しにするようなことがあってはならぬ、そう思うのはようわかる。そやけどなあ

「……」

「もしここでしくじって、元右衛門に逃げられでもしたら、この先もっと泣く女が出てくるってことですね」

「そういうことや。理屈はわかっていても、辛いもんやな。とはいうても、まだまだ夜は明けん。何かよい策はないか、考えてみようやないか」

「勝さんの言う通りだ。こいつはあたしが先走ってしまいましたよ」

お竜は嘆息した。

〝地獄への案内人〟を務めるには、男の酷い仕打ちを堪えるしかなかった頃の弱い自分を、引きずっていてはいけないのだ。

非情、冷徹をもって、弱い者を苛む者共を殺し尽くしてやる——。

そう心に誓って、仕立屋として市井に潜んだはずの自分が、仲間が出来た途端に、甘口を言うとは、どうしようもないと、お竜は逸る気持ちに蓋をした。

「ひとまずあたしも、元右衛門の面を拝んで参りましょう」

お竜は、慣れた動きで、再び天井裏に忍び込んだのであった。

この日が三日目である。

お竜はもう、目を瞑っていても蓑一郎がいる部屋の上に行けるまでになっていた。

蓑一郎の隙を衝いて、いつでも容易く下を覗けるように、天井板を少しずらして、それがわからぬよう、その上に薄い板を置いてあった。

その薄い板をずらすと、たちまち下の様子が見える。

元右衛門が、蓑一郎と乾分二人を前に酒を飲んでいるのが見えた。

「いいか、お前らしくじるんじゃあねえぞ。一度しくじると、ほとぼりを冷ますのに、やたらと手間がかかるってもんだ。駆け出しの頃のおれは暴れ過ぎて、何度も身動きがとれなくなったものよ。誰か頼りになる親分の許でよろしくやっていりゃあ、そんなことにはならなかったものをよう……」

元右衛門は、好い調子で乾分達に語っていた。

――こいつが元右衛門か。

お竜は、じっとこの元締を見るうちに、体が怒りに震えてきた。

しばらく元右衛門の面体、話す様子を食い入るように見つめた後、お竜は勝之助の待つ部屋へと戻った。

――そうか、何とはなしにそんな気がしたんだ。

天井裏からすとんと降り立つと、

「勝さん、やはり今宵の内にけりをつけよう。元右衛門はもう裏をとらなくても、殺すに足りる男だと知れた。奴はあたしに任せておくれな……」

勢いよく告げた。

勝之助は目を丸くしたが、

「まず、何を見聞きしたか、教えてもらおう。話はそれからやな」

と、宥めるように言った。

(七)

小半刻の後。

お竜は、誰もいないのを見はからって、台所に降り立ち、そのままそっと庭へ出て、〝やなぎ〟の外へと出た。

庭を見廻っていた用心棒は、離れ家の座敷に詰めているので、外にさえ出れば容易い仕儀であった。

そこからお竜は、安三が詰めている件の掛茶屋の小屋へ入った。

「地獄から参りました」

が合言葉であった。

「お竜さん、何かありましたかい？」

安三は、俄《にわか》なお竜のおとないに怪訝な表情となったが、

「ちょいと〝やなぎ〟に出直したいので、着替えさせてもらいたいんですよ」

と、落ち着き払って言った。

小屋には、何かの折に変装出来るように、お竜と勝之助用の衣裳が常備してあるのだ。

お竜はその内の、婀娜《あだ》な料理屋の女将風の衣裳に身を包み、紫縮緬《ちりめん》の頭巾を被って、

「安さん、詳しい話は今度しますがねえ。今宵けりをつけるつもりですから、気にかけておいてくださいな」

そう言い置いて、再び〝やなぎ〟へと取って返した。

安三は、とりたてて何かを問うわけでもなく、

「承知いたしやした。お気をつけなすって」

と、声をかけるばかりであった。

お竜は、吹抜門から出入り口へといそいそと入った。

この時も、用心棒は離れ家に詰めたままで難なく格子戸に辿り着けた。

もうすっかりと日も暮れていて、これから出合茶屋で落ち合わんとしている男女は見当らなかった。

それゆえ、〝やなぎ〟の女中は、

「ちょいとごめんなさいよ」

という声にお竜が別人となって訪ねたことにはまるで気付かず、いったいこんなところに女が一人で何をしにきたのであろうと、眉をひそめながら出てきた。

急な客に備えて、女中の詰所は出入り口のすぐ脇にも設《しつら》えてあるので、すぐに応対に出てきた。

「生憎、今宵はもうお部屋が塞がっておりまして……」

井出勝之助の密会相手とは思ってもいないので、女中には初会の客に見えたのだ。

お竜は艶やかな笑顔を向けると、

「部屋を借りにきたわけじゃあ、ありませんよう。あたしが会いたいお人は、この出合茶屋を仕切っている元締でねえ」

御高祖頭巾の後家風で来ている時とはまったく違う、少し嗄《しゃが》れた色気のある声で言ったものだ。

「元締……。はて……」

女中は首を傾げた。

知らぬはずはあるまいが、元締を訪ねてくる女のことなど聞いていない。勝手に通すわけにもいかないと、まず探りをいれてきたのであろう。

「元右衛門って旦那ですよう。ここで問答をしているのも何だ。こいつを手渡してもらえませんかねえ」

お竜はそう言うと、女中への心付けと共に、結び文を手渡した。

「これは……」

「とにかくこの文を渡してくれさえすればわかりますよ」

女中は一瞬困った顔をしたが、心付けを無駄にすることもないと、

「お渡しすればよいのですね」

と、結び文を受け取って奥へと入った。

「おれを女が訪ねてきた……」

女中が元右衛門にその由を伝えると、彼は手にした盃を持ったまま、首を傾げた。

「名を訊いたか」

「とにかく、この文を渡してくれさえすればわかると……」

女中は、やはり取り次ぐべきではなかったかもしれないと、表情を引きつらせた。

誰に告げたわけでもないのに、女が自分をこんな時分に訪ねてきた。元右衛門はそれがどうも不快のようだ。

「元締も隅におけませんねえ」

蓑一郎が、おどけたように言ったが、じろりと睨まれて、

「すみません……」

たちまち下を向いてしまった。

取るに足らぬ小悪党である。本心では悪事に手を染めずに食べていけるなら、そっちの暮らしがよいと思っているように見える。

「殺すまでもない……」

お竜と勝之助の間では、既に蓑一郎をそのように捉えていた。

元右衛門は一睨みで蓑一郎を黙らせると、結び文を解いて目を通した。

たちまち元右衛門の顔が紅潮した。

怒っているわけでもなく、笑っているわけでもない不思議な表情である。

蓑一郎は、何か言葉をかけるべきかと元右衛門を見たが、元右衛門の凄みに声が出なかった。

「その女をここへ呼べ」

元右衛門は女中に命ずると、

「お前達は下がっていろ。おれが呼ぶまで入ってくるな」

強い口調で、蓑一郎達乾分を部屋の外に追い出した。

蓑一郎達は、一瞬顔を見合わせたが、元右衛門の訳有りの女が訪ねてきたのであろうと察し、いそいそと部屋を出た。

女中は、元右衛門が何者かはっきりと知らなかったが、蓑一郎が〝元締〟と呼んでおもねる姿を見て、〝やなぎ〟の実質の主であると認めている。

慌ててお竜の許へと取って返し、

「どうぞこちらへ……」

と、愛想よく元右衛門がいる一間に案内したものだ。

お竜は一間の内に入ると、頭巾を脱いで艶然と笑った。

「すぐにあたしとわかりましたか……」

「この文を読めばわかるだろうよ。だが、まさかお前が訪ねてくるとはよう」

「死んだと思ったかい」

「ふふふ、久しぶりだなあ、おしん……」

元締の元右衛門こそ、お竜のかつての亭主・林助であったのだ。

(八)

何となくそんな気がしていた。

天井裏から蓑一郎が乾分に話す元右衛門についてのことなどを聞くにつけ、不思議とお竜の脳裏に林助の面影が浮かんでいた。

そして、先ほど布団部屋の小窓から見た、元右衛門らしき男の後ろ姿。

井出勝之助が窺い見た元右衛門の印象。

それらが合わさると、

「もしや……」

という想いが強くなってきたのだ。

林助のことなど、何もかも忘れたはずが、人の噂を聞くだけで体内にその姿が蘇ってくるおぞましさ。

このところ、お竜の心の内を乱していた正体がこれであった。

それが、今、ぴたりと当った。

天井裏から、元右衛門が林助であると知れた時、えも言われぬ興奮が、お竜の体を震わせた。

しかし、巡り会えたという事実が、お竜を落ち着かせた。

——あたしはあの時のおしんではないんだ。もうあんたなど、何も恐くはないんだよう。

その余裕があったからだ。

今、お竜は戸口に座り、林助とは二間ばかり離れて相対していた。

「おしん、お前、随分と変わったなあ」

「そうですかねえ……」

「こんな文をよこして、わざわざおれに会いにくるとは、思いもかけなかったぜ」

お竜が認《したた》めた結び文には、

〝あしの根の竜が　林さまにあいたいと　夜ごとなきぬれてそろ〟

と、たどたどしく綴られてあった。

裁縫の腕はよくとも、読み書きが得手ではなかったおしんらしい字である。文面は甚だおかしなものだが、その意を考えると、右足の太腿の内側に竜の彫物を入れてやったおしんが、自分に会いたがっているととれる。

林助にはそれが意外であったのだ。

「足のつけ根に、竜の彫物をいただいた女が、どうしてまっとうに生きていけるんですよう」

お竜は、日々顔色を窺って暮らしていた亭主に、対等な口を利いている自分が心地よかった。

林助も今はそれが楽しいようだ。

おどおどして、嫌々悪事の手伝いをしていたおしんが、自分に鍛えられて、一《いっ》端《ぱし》の妲己《だっき》に生まれ変わったと思ったのだ。

「そんならおしん、お前はどうしておれから逃げやがった。あの日、又市を殺したのはお前だな?」

「逃げるしかなかったのさ。又市は、お前さんが眠りこけている間に、あたしにちょっかいをかけてきやがった」

「お前を外に連れ出して、手を出そうと……」

「そうだよ。あたしは胸騒ぎがしたから包丁を隠し持って出た……。そしたら案の定、言い寄ってきやがったから刺してやったんだ」

「それならそうと、おれに報せりゃあよかったぜ」

「あの時は、あたしも又市に腹を刺されたんだ。傷は浅かったけど、恐くてただ逃げ出したかったのさ。お前さんに叱られるのも恐い。一旦身を隠して、そのうちに会いに行くつもりが、お前さんはすぐに消えちまった」

「又市を殺したのがおれじゃあねえかと疑われる、そう思ったのよ」

「薄情なもんだよ。あたしは随分と捜したっていうのにさ」

「捜したのはおれも同じだよう」

「さて、どんなもんだか……。あれから何人の女に竜を彫ったのさ」

「竜の彫物をほどこしたのはお前だけだ。うそじゃあねえ」

林助は少しうっとりとした表情を浮かべて言った。

そもそも林助は彫物師であった。

絵師を志した若き日もあったが、元来の気性の荒さが災いして夢破れ、遊び仲間の勧めで彫物師となった。

そっちの才はなかなかのもので、端整な顔立ちに加えて、喧嘩が強い林助は、粋筋の女にもてた。

林助に彫物を望むやくざな女は引きも切らなかったという。

しかし、彫物師でいることにもすぐに飽きて、強請《ゆすり》、たかり、ぶったくりを繰り返す、破落戸《ごろつき》に成り果てた。

娘を騙しては体に彫物を入れ、堅気の暮らしには戻られぬようにしてこき使い、そのあげくに売りとばしてしまう。

そんな悪事もお手のものであった。

「お前の体に彫った竜は、おれの生涯で一番のできだ。だからお前だけは、おれの手許に置いておきたかったのさ」

「お望み通り、あたしはこうして戻ってきたよ」

「お前は、おれの許から逃げられねえ……。おれの言った通りになったってことか」

「もう堅気には戻られないあたしさ。この三年余り、生きていくために随分と悪事に手を染めちまったよ」

「とうとうその気になりやがったか。お前は閻魔の女房になれる女だ。生まれついての業《ごう》を背負っている。こうなったら、おれと一緒に地獄へ落ちようぜ」

「同じ悪事をするなら、お前さんと一緒の方が心強い。あたしはそれに気付いたのさ」

「だが、おれがここにいるのがどうしてわかった」

「蛇《じゃ》の道は蛇さ」

「なるほど……。おしん」

「あい」

「こっちへきな」

林助は、お竜を誘った。

お竜は妖しく頰笑んで立ち上がった。

「そこで着物を脱げ」

それへ林助は厳しい声を投げかけた。

「ここで、かい？」

「身に寸鉄も帯びていねえ……。まずそいつを確かめねえとな」

「あたしがお前さんを、殺しにきたとでも？」

「そいつはわからねえや。お前が変わったように、おれも変わった。ただ暴れるだけじゃあねえ、用心深え男にな……」

「なるほど。それで、元締と呼ばれるまでになったんだねえ」

お竜はそう言うと、着物をはらりと脱いで襦袢と湯文字だけになった。

「さあ、どこに刃が隠されているんです？」

さらに腰紐を解いてみせた。

襦袢がはだけて、腹の傷跡が明らかになった。

「その傷は……」

「又市に刺された傷ですよう」

「そうなのかい……。よし、こっちへ来な、あとはおれが、この目で確かめてやらあ」

「その前に、あたしを仲間にしてくれるのかい？」

「仲間？」

「ここで、好い商売をしているんだろう」

「そいつを知りてえか」

「さっき、ここを訪ねる時に、船で何かを運んでいたようだが、あれはもしや、物じゃあなくて人じゃあないのかい」

「ははは、抜け目のねえ女だ。それから先は知らぬが仏だぜ」

「こうして訪ねてきたあたしに、今さら何を隠すことがあるのさ」

林助は少しためらったが、目の前のお竜をすぐにでも抱きたかった。

「ああ、女だよ……。葛籠に入れて離れの蔵に運んで、明日、人買いに売り渡すのさ」

「悪い男だねえ……」

お竜はニヤリと笑って、

「どこから集めてきたのさ」

「その辺りから拾ってきたんだよ。男振りの好い若えのにちょいと小遣いをやれば、いくらでもはねっ返りの娘は手に入るってもんだ」

「そうして好い気にさせておいて、お前さんが体に墨を入れて、売り物にしてしまうって寸法かい」

「わかっているなら訊く奴があるかい」

「蔵の娘は葛籠に入れたままかい？」

「出してあるさ。息ができねえと死んじまう。大事な品だからな」

「それは何よりだ」

「つべこべ言ってねえで、早くここに来な」

「あいよ……」

お竜は、そのまま林助に寄り添った。

林助は、立ったままのお竜を引き寄せ、湯文字をたくし上げた。

「久しぶりの竜との対面だあな」

お竜の太腿の竜が、行灯の明かりに浮かび上がった。

「どうだい？　竜の姿は……」

「好い具合に目をおれに向けているぜ」

「そうかい。だがお生憎さまだったねえ。今じゃあ、こいつを拝んだ者には、死んでもらうことになっているのさ……」

「何だと……」

お竜の言葉に、林助は竜の彫物から目を離し、お竜を睨むように見上げた。

その刹那――。

お竜の右の手刀が、林助の喉を打った。

「うッ……」

林助は、言葉が出ずに喉を押さえてのたうった。

「あたしは変わったのさ。お前を殺せる女にさ」

お竜は囁くと、林助の腹を踏みつけた。

何げない動作だが、どれも的確に急所を打つ、北条佐兵衛直伝の拳法による打《だ》突《とつ》であった。

呻く林助を、お竜はゆったりと見下ろした。

㈨

ちょうどその時。

蓑一郎は、乾分二人を連れて、林助とお竜がいる部屋の隣室に忍び足で入った。

「旦那、こんなことをして、あとでお叱りを受けませんかい」

若い一人が言ったが、

「なに、黙っていりゃあいいのさ。考えてみろ、えたいの知れねえ女がいきなり訪ねてきたんだぜ。ちょいと気になるじゃあねえか。何かあったら、元締をお守りしねえといけねえからな……」

蓑一郎は声を潜めて、襖の向こうに聞き耳を立てた。

この男の言うことは、ある意味では的を射ていたが、

「うう……ッ」

という元右衛門こと林助の呻き声を聞いて、

「おい、元締はもうおっ始めているぜ……」

と、まったく的外れな受け止め方をして、ニヤリと笑った。

すると、彼らの背後に、天井裏から黒い影が舞い降りたかと思うと、あっという間に三人を棍棒で打ち据えて昏倒させた。

黒い影が井出勝之助であるのは、言うまでもない。

「仕立屋……。ここで待っているよ……」

勝之助は、襖の向こうに低い声で告げた。

隣室では、林助がのたうっていた。

「どうだい？ 人にいたぶられ、踏みつけにされる気持ちは……」

お竜は、自分自身でも驚くほど、冷静にこの悪党を眺めていた。

まるで抵抗も出来ずに床を這う林助の哀れさが、ちょうどよい具合に憎しみに沸き立つ心を抑えていたのである。

林助は、何か言おうとしていた。

強がりを言いたいのか、助けを呼ぼうとしているのか、それともお竜に許しを乞わんとしているのであろうか……。

何も言葉として耳に入らぬのが、彼女にとってはありがたい。

一度は高利貸しの魔の手から救ってくれた男であった。

その瞬間は恋もした。夫婦男女の契りを交わした。

そして、この男のために生き地獄をさ迷い、悪事に手を染め、人殺しまでしてしまった。

彼女の人生を変えてしまった魔王のごとき悪党が、これしきの男であったとは——。

「お前はどう変わったんだい。お前のどこが用心深いんだ。今のあたしはねえ、刃物がなくても人を殺せるんだよう」

お竜は、髪に挿した簪《かんざし》を抜いた。

それは銀の玉簪で、亡くなった母・おさわの形見であった。

「そんなものは、お前には似合わねえよ。捨てちまいな……」

何もかも女を支配せんとする林助は、それをいともあっさり捨ててしまった。

お竜はそっと拾って隠し持ち、林助の許から逃げ出した折は、大事に帯の間に挟んでいた。

又市がお竜の腹を刺した時、帯の厚みで突き切れなかったのだが、天恵とも言える間のよさで、又市の匕首の刃は、この簪に引っかかったのであった。

「お前はあたしに、一緒に地獄を生きろと言ったねえ……。あたしは一緒に行かないが、以前の誼《よしみ》で、地獄へ案内してやるよ」

お竜は、逃れんとする林助の背中から馬乗りになり、憎い男の盆の窪に、ぶすりと簪を突き刺した。

林助の呻き声が止んだ。

刺した跡は、髪に紛れて見えなかった。

鮮やかな殺しであった。

お竜は、魂が抜けた林助の骸《むくろ》から蔵の鍵を奪い取ると、後は一顧だにせず、素早く衣服を整え襖をがらりと開けた。

「見事なもんや……」

そこに潜んでいた勝之助が、にこりとしてお竜を見た。

元締の元右衛門は、林助という自分を騙した男であった。

そのことはもちろん勝之助には伝えてあった。

勝之助の笑みには、多分にお竜への労りが含まれている。

それが、お竜の心の内を泣かせたが、

「行こか……！」

勝之助は感傷に浸る間を与えず、お竜に棍棒を手渡し、二人で黒覆面をして、気配を殺して庭へ出た。

そこからは二人で離れ家に押し入り、目潰しの唐辛子入りの粉をぶちまけ、用心棒二人の目を眩《くらま》して、素早く棍棒で倒すと蔵を開けた。

中には座敷牢があり、三人の娘が余ほど脅されたのであろう、精根尽き果てた様子で座っていた。三人は黒覆面のお竜と勝之助を見て、さらに固まってしまった。

「すぐに逃げろ。逃げて役人に何もかも打ち明けろ」

勝之助は、娘達を外へ出すと、

「さあ、行け！」

と気合を入れた。

それでやっと助かったと気付いたか、三人の娘は、脱兎のごとく走り去った。

お竜と勝之助は、庭を駆け、台所から母屋へと入り、ここで覆面を脱いで、悠々と自分達の部屋へ戻った。

その頃になると、この騒ぎに客達が気付き出合茶屋の中は色めき立った。

お竜と勝之助もこれに乗じ、あたふたとする女中達を、

「これはいったい何の騒ぎじゃ！」

と、叱責した。

女中達は、すぐに蓑一郎に指図を仰がんとしたが、蓑一郎も若い衆も、用心棒もことごとく倒れていて、一間では元右衛門が死んでいるのがわかり、大騒ぎとなった。

こんな変事に巻き込まれたくはないと、客達は次々と〝やなぎ〟を脱出して、姿をくらましてしまった。

お竜と勝之助もそれに紛れて外へ出て、無事に、安三が詰める掛茶屋の小屋へと逃げ込んだのであった。

㈩

その二日後の昼下がり。

お竜は、新両替町二丁目の呉服店〝鶴屋〟に、仕立物の注文を受けに出かけた。

出合茶屋〝やなぎ〟に張りついていた合間にも、仕立屋の仕事は続いていたが、このところはまともな仕事はなく、久しぶりに日常を取り戻した感があった。

井出勝之助とは、店先で顔を合わせたが、

「これはお竜殿、このところ顔を見なんだが、変わらぬようで何より」

まったく何ごともなかったように振舞うので、かえって戸惑いを覚えるほどであった。

だが、数日に渡って行動を共にして、〝地獄への案内人〟の役目を無事に果した連帯感は、物言わずとも身に付いている。

「先生もお変わりなくてよろしゅうございました」

ニヤリと笑い返すと、仲間がいる喜びが湧いてきた。

出合茶屋〝やなぎ〟の一件は、逃げ出した娘達が番屋へ駆け込んだことで、人買いの実態が明らかとなった。

元右衛門こと林助は、役人達にも巧みに鼻薬を嗅がせていたようだが、娘の一人の叔父が、有力な富商であることがわかり、奉行所もすぐに動かざるを得なかったらしい。

林助は変死を遂げていたので、もはや目こぼしをしてやる必要もない。役人達は〝やなぎ〟が人身売買の繋ぎ場になっていたと断じて、蓑一郎以下、林助の乾分、用心棒を捕えた上で、人買いの組織も追い込んでいるそうな。

「地獄への案内は、お二人に任せたことですからね。事後の報せは特に要りません。どうせまた顔を合わすでしょうから、その時にでも聞かせてもらいましょう」

案内人の元締・文左衛門は、かねてからそのように言っていた。

すぐに会うのは、しくじった時だけでよい。

悪党を地獄へ案内した後は、また平然としていつもの暮らしに戻るのが、文左衛門の心得なのだ。

とはいえ、お竜はすぐにでも文左衛門に会って、確かめておきたいことがあった。

〝鶴屋〟の主・孫兵衛は、お竜の裏の顔を知っているであろうに、それを噯《おくび》にも出さずに、

「お竜さん、そろそろお願いしたいと思っていたところでした」

いつも変わらぬにこやかな表情を浮かべて、新たな仕立の注文をくれたが、孫兵衛と話していると、彼にとっての主筋である文左衛門の顔が浮かんでくるのである。

しかし、そんなお竜の心の動きなどお見通しなのであろう。

〝鶴屋〟を出てすぐに、

「お竜さん、ちょいとお付合いくださいな」

そば屋〝わか乃〟の二階座敷から、文左衛門の声が届いた。

「ご隠居……。ただ今……」

お竜は店の紺暖簾を潜ると、急いで二階へと上がった。

「いやいや、ちょうど話し相手が欲しかったところでしてな、助かりました」

文左衛門は、決り文句でお竜を迎えると、すぐに天ぷらを頼んで、既に一杯やっていたちろりの酒を勧めた。

「あたしもちょうど、お目にかかりたいと思っておりました」

お竜は少し畏まってみせ、盃を受けると、まず飲み干してみせた。

「この度はまた、好い仕事をなさいましたな」

文左衛門は仕立屋の仕事に絡めて切り出した。

「はい。お蔭さまをもちまして」

お竜は恭しく頭を下げて、文左衛門に酒を注ぐと、

「ご隠居は、端《はな》から何もかもわかっておいでで、この仕事をあたしにさせてやろうと……」

囁くように言った。

娘達の売買に手を染めている元締・元右衛門が、かつて林助という名の悪党で、お竜はこの男に騙され、酷い目に遭った——。

文左衛門はその事実を察し、こ奴の動向を調べ上げ〝地獄への案内人〟としての初仕事に、林助殺しをお膳立てしてくれたのに違いない。

お竜は、この度の一件について、そのように思っていた。

元右衛門の面体を検めて、この男は林助という男で、かつて自分の亭主であった極悪人なのだと井出勝之助に伝えた時、

「因果の小車《おぐるま》という言葉があるが、そんなこともあるのやなあ……」

勝之助は、しみじみと言った。

その様子を見る限り、勝之助もまた文左衛門から何も報されておらず、

――何も言わずに、今度はお竜さんの手伝いをしてやってもらいたい。

という、文左衛門の意図を察知したのだと思われた。

お竜が、文左衛門に会って確かめておきたかったのは、このことであったのだ。

文左衛門はゆったりと頷くと、その問いには応えずに、

「心の内に靄がかかっていると、なかなか仕事に気がいかぬものです。ひとまず心は晴れましたかな」

と、お竜に労りの目を向けた。

「はい。すっかりと晴れました」

お竜は、文左衛門を真っ直ぐに見て、力強く言った。

「左様ですか。そんならこの先もまた、仕事に身を入れていただけそうですな。ははは、何よりですねえ」

文左衛門はやがて運ばれてきた天ぷらを頰張りながら、

「お竜さん、お前さん、幸せにおなりなさい」

と、告げた。

「あたしが、幸せに……？」

小首を傾げるお竜に、

「人というものはね、不幸せと思えば、いくらでも不幸せの種が見つかる。だが、自分も捨てたものじゃあないと思えば、幸せの種だっていくつも見つかるもんだ。やり甲斐のある仕事をしていれば、誰だって幸せになりますよ。だからお竜さん、お前さん、幸せになりなさい」

と、文左衛門は何度も何度も頷いてみせたのである。

お竜は、幸せという言葉と自分とが結びつかずに、

「あたしが、幸せに、ねえ……」

なれるものならなってみたい。

だが、人を殺しつつ、自分は幸せになれるのだろうか。

自問しつつも、文左衛門が、

「幸せになりなさい」

というなら、ならねばなるまい。

なれるような気がしてきた。

戸惑いながら、お竜もいかの天ぷらを頰張った。

歯ごたえのある身をしっかりと嚙み締めると、今まで覚えたことのない心地よさが、お竜の体をふわりと包んでいるような気がした。

この作品は「文春文庫」のために書き下ろされたものです

文春文庫

仕《し》立《たて》屋《や》お竜《りゆう》

定価はカバーに表示してあります

2022年6月10日　第1刷
2022年6月25日　第2刷

著　者　岡《おか》本《もと》さとる

発行者　花田朋子

発行所　株式会社　文藝春秋

東京都千代田区紀尾井町 3-23　〒102-8008
TEL 03・3265・1211㈹
文藝春秋ホームページ　http://www.bunshun.co.jp

落丁、乱丁本は、お手数ですが小社製作部宛お送り下さい。送料小社負担でお取替致します。

印刷・凸版印刷　製本・加藤製本

Printed in Japan
ISBN978-4-16-791889-7

（　）内は解説者。品切の節はご容赦下さい。

藤井邦夫
偽久蔵
新・秋山久蔵御用控（八）
南町奉行所吟味方与力の秋山久蔵の名を騙り、谷中の賭場で貸元から始末金を奪った男が現れた。男は次々と悪事を働き始めるが……。偽者の目的とその正体とは？　シリーズ第8弾。
ふ-30-43

藤原緋沙子
切り絵図屋清七
紅染の雨
武家を離れ、町人として生きる決意をした清七。与一郎や小平次らと切り絵図制作を始めるが、紀の字屋を託してくれた藤兵衛からおゆりの行動を探るよう頼まれて……新シリーズ第二弾。
ふ-31-2

藤原緋沙子
切り絵図屋清七
飛び梅
父が何者かに襲われ、勘定所に関わる大きな不正に気づく清七。武家に戻り、実家を守るべきなのか。切り絵図屋も軌道に乗ったばかりだが——。シリーズ第三弾。
ふ-31-3

藤原緋沙子
切り絵図屋清七
栗めし
二つの殺しの背後に浮上したある同心の名から、勘定奉行の関わる大きな陰謀が見えてきた——大切な人を守るべく、清七と切り絵図屋の仲間が立ち上がる！　人気シリーズ第四弾。
ふ-31-4

藤原緋沙子
切り絵図屋清七
雪晴れ
勘定奉行の不正を探るため旅に出ていた父が、消息を絶った。父の無事を確かめられるのは自分しかいない——清七は切り絵図屋を仲間に託し、急遽江戸を発つ。怒濤の展開の第五弾。
ふ-31-5

藤原緋沙子
切り絵図屋清七
冬の虹
繁盛する紀の字屋を恨む同業者の近江屋が、悪徳商売で店の乗っ取りをはかっているという噂がたつ。一方仲間が身に覚えのない罪で捕まり——。大人気書下ろしシリーズ、最終巻。
ふ-31-6